有梦想谁都了不起

甄选集

《意林》图书部　编

吉林摄影出版社

·长春·

意林励志甄选

图书在版编目（CIP）数据

有梦想谁都了不起 /《意林》图书部编. — 长春：吉林摄影出版社，2023.10
（意林励志甄选）
ISBN 978-7-5498-5984-9

Ⅰ. ①有… Ⅱ. ①意… Ⅲ. ①故事－作品集－中国－当代 Ⅳ. ①I247.81

中国国家版本馆CIP数据核字(2023)第178802号

有梦想谁都了不起　YOU MENGXIANG SHUI DOU LIAOBUQI

出 版 人	车　强
主　　编	杜普洲
责任编辑	吴　晶
总 策 划	徐　晶
策划编辑	王征彬
封面设计	资　源
美术编辑	刘海燕
发行总监	王俊杰
开　　本	787mm×1092mm　1/16
字　　数	180千字
印　　张	8
版　　次	2023年10月第1版
印　　次	2023年10月第1次印刷

出　　版	吉林摄影出版社
发　　行	吉林摄影出版社
地　　址	长春市净月高新技术开发区福祉大路5788号
	邮　编：130118
电　　话	总编办：0431-81629821
	发行科：0431-81629829
网　　址	www.jlsycbs.net
经　　销	全国各地新华书店
印　　刷	天津科创新彩印刷有限公司

书　号　ISBN 978-7-5498-5984-9　　　　　　定价　25.00元

启　事

本书编选时参阅了部分报刊和著作，我们未能与部分作品的文字作者、漫画作者以及插画作者取得联系，在此深表歉意。请各位作者见到本书后及时与我们联系，以便按国家相关规定支付稿酬及赠送样书。
地址：北京市朝阳区南磨房路37号华腾北塘商务大厦1501室《意林》图书部（100022）
电话：010-51908630转8013

版权所有翻印必究
（如发现印装质量问题，请与承印厂联系退换）

CONTENTS

目 录

看清梦想的方向，让你的抵达比想象更远

002 / 这是我应该知道的
　　　[美] 玛琳娜·兰帕德　译/王文婷
004 / 坡上的矿车　赵恒昱
006 / 火车侠　夏　阳
007 / 留一道缝隙　右　耳
008 / 热爱的厚度　玖　玖
008 / 关心更大的世界　张　恒
009 / 让自己的生命留下痕迹　陈海贤
009 / 你的愿望是什么　田晓菲
010 / 在未来等着那头熊　张君燕
011 / 那个改变我命运的人，走了
　　　　　　　　　　　草莓超人
012 / 愁容骑士与葱油饼　依　时
013 / 我是小说家吗　育　邦
014 / 人能达到的奇迹　蓝袜子
015 / 最卑微的生活和热爱　祁文斌
016 / "唯一未被荣誉摧毁的人"　董洁林
017 / 雪落无声且无悔　王丽君

018 / 富足而饱满的灵魂　张　希
019 / 世界上只有两件
　　　　有价值的事　大音希声
020 / 饮品研发师是做什么的　邢亚琪
022 / 在所在之地寂然绽放　汪星宇
024 / 做一根兴冲冲
　　　　猛生猛蹿的蔓藤　张晓风
025 / 孔子操琴　杨无锐
025 / 施　炙　祁白水
026 / 在集中营里观鸟　陈翠珍
026 / 古　园
　　　[西班牙] 刘易斯·塞尔努达　译/汪天艾
027 / 大小皆无限　石　兵
027 / 夜　客　陈敬容
028 / 没有谁敢嫉妒天上的星星　游宇明
029 / 无聊的工作　陈　璇
030 / 美好是因为我们　黎武静
030 / 猫的生活哲学　盛可以

CONTENTS

目录

转变思维方式，成为厉害的学习高手

032 / 把小麦和谷壳分开
　　　[挪威] 埃里克·贝特朗·拉森
033 / 宁作我　黄永玉
034 / 伟大的麦克斯韦
　　　为什么不著名　董洁林
035 / 存在的理由　林清玄
036 / 人生只受自己习惯思想的恐吓
　　　　　　　　　　　　米哈
037 / 30秒说出关键点
　　　[美] 米罗·弗兰克　译/黄蔚
038 / 如何做到长时间专注　Will Zhang
039 / 业余爱好者的胜利　郁喆隽
040 / 你心中有"靶"吗　刘河豚
042 / 那一年，他们一起考进士　张勇
044 / 承认局限，或许是
　　　实现梦想的第一步　文小宁

045 / 现实告诉你捷径
　　　[德] 尼采　译/曹逸冰
046 / 琢磨"傻问题"　李荣
047 / 最优秀的人 因缺点而造就　卞毓方
048 / 善于"放大"自己的能力　胡建新
049 / 能再快些吗　徐立新
050 / 牧心如牧牛　半僧
052 / 自律这件事　游宇明
053 / 43年与1/30秒　黄小平
054 / 三数法：最强表达魔法　陶诗秀
055 / 山的意义
　　　[法] 圣埃克苏佩里　译/马振骋
056 / 如果有一个"平行世界"　岑嵘
057 / 另一种天才　王蒙
058 / 如何应对干扰　吴业涛

CONTENTS

目 录

直面挫折，用勇敢的心让青春不负梦想

060 / 一份巨大的财富　编译/青衣江
061 / 每个人都是重要的　李泽厚
062 / 笼子寻鸟　邵毅平
063 / 单纯做事更容易成功　佚　名
064 / 我不聪明，但我很努力　戴帽子的鱼
065 / 榜样的另一种可能　陶瓷兔子爱丽丝
066 / 我早已习惯一切艰难　徐竞草
067 / 我也曾是个穷困潦倒的文艺青年
　　　　［哥伦比亚］马尔克斯　译/李　静
068 / 钢琴界的"扫地僧"　木　子
069 / 为了百万分之一而存在
　　　　［美］博恩·威尔金斯　译/乔凯凯
070 / 人，要有五识　杨恒均
071 / 走着走着，天就亮了　历　勇
072 / 击败牛顿的小木匠　张春苗
074 / 所谓青春，
　　　　就是拼搏和迷茫并存　木淮晓
076 / 未被摧毁的生活　李伟长

078 / 疾病不息，奋斗不止　尹海月
080 / 看，星星　风　中
081 / 徒　长　程　筠
081 / 道　路　洪　烛
082 / 波恩的贝多芬　顾德宁
083 / 春天等不来
　　　　［俄］列夫·托尔斯泰　译/王志耕
084 / 人生的攀岩模式　伯　凡
085 / 悲　剧　朱光潜
086 / 我是一名机场驱鸟员　飞鸟各投林
087 / 泥沙俱下的生活　毕淑敏
088 / 太多的安全有时会带来危险
　　　　［美］阿尔多·李奥帕德
089 / 真　痴　王德峰
090 / "三无"数学家
　　　　保罗·埃尔德什　顾静怡
091 / 从来没有赢过的拳击手　刘　按
092 / 迎接未来的最好方法　艾　静

CONTENTS

目 录

感受生活的温度，内心有力量更要很柔软

094／一粒谷子落下的声音
　　　　［美］何赛·雷迪亚　译／乔凯凯
095／和一堆木头坐在一起　雨　山
096／精神灿烂　张丽钧
097／生动的重复　小　纯
098／长腿的风什么都知道　田　鑫
100／最好的老师，
　　　是让所有人都明亮　张曼菱
102／学会拥有黎明的感觉　钱理群
103／必不输之法　冯友兰
104／那些用肩膀托起
　　　爱因斯坦的巨人　王善钦
106／大器晚成　编译／思考的鱼
107／得一物以摄之　艾　林
108／你错过了多少生活
　　　　［英］阿兰·德波顿

109／童年的星星　王子英
110／生命是细节的长河　赵　丰
111／已经有过　祁文斌
112／你真的听见音乐了吗　杨　照
113／旅　行
　　　　［西班牙］刘易斯·塞尔努达　译／汪天艾
114／站着的意趣　米丽宏
115／内心的那根"锚"　张　恒
116／心里有花，遍地繁花　寒庐氏
117／向前走和走在前　石　兵
118／问春风　樊德林
119／每一刻都是唯一
　　　　［法］玛格丽特·尤瑟纳尔
120／绕绕远路，也是一种
　　　度过人生的方式　花痴女王
121／幸福之计在于简　麦　家

看清梦想的方向,让你的抵达比想象更远

> **甄语录** 如果你非常想要某种东西，你就会有办法。

这是我应该知道的

□ [美] 玛琳娜·兰帕德 译/王文婷

我九岁那年，妈妈患白血病去世了，我随爸爸从纽约搬到了西部的波特兰。

我们新家的房子外面有一个小菜园，爸爸经常带我在菜园里劳动，我很快就喜欢上了一种叫蜜露瓜的植物。

它们那又小又细的卷蕊像小手指一样伸出去，紧紧缠绕在架子上，似乎很无助。我会坐在地上，靠向它们，感到它们需要我。爸爸则会坐在他的菜园专用小凳子上，像我看蜜露瓜一样看着契斯曼尼西红柿。

"爸爸！"有一天我问他，"我应该将这些小红花都摘下来吗？"

"你为什么要把那些花都摘下来呢？"他温和地问。

"嗯，我认为它们可能会引来虫子，然后，虫子来了可能会把它们吃掉。"

"不，亲爱的，"他轻笑着说，"那些花很快就会变成蜜露瓜的。"

"真的吗？"

"你等着就是了。你很快就会看到那些小东西变成美好的蜜露瓜。你应该知道这一点。"

"小东西会变成美好的蜜露瓜。"我重复说道。

"对的。"他说。

我每天都会到菜园去查看那些蜜露瓜。每过几天，蜜露瓜就会多出一些来。

"这儿有这么多蜜露瓜，是我把它们照料得好的缘故吗？"我问。

"是的，"爸爸说，"当你悉心照料它们的时候，蜜露瓜就容易生长。你应该知道这一点。"

"当你悉心照料它们的时候，蜜露瓜就容易生长。"我重复说道。

从那以后，我照料那些蜜露瓜更精心了。我除去黄叶子，如果那些小卷须中有哪一根爬不到架子上，我会把它移得更近一些。爸爸对西红柿的照料也是如此。直到有一天，我看到爸爸用一把大剪刀剪去西红柿的一整根枝条。

"爸爸！"我惊讶地用手捂住嘴巴，"你这样做是为什么？"

"这棵契斯曼尼西红柿还不够强壮，支撑不住两根结满西红柿的粗壮枝条。"他说，"我必须去掉一根，以便让这棵西红柿在剩下的枝条上结出最好的果实。"

"噢。"

"将来有一天，你可能也必须做出同样的选择。"他说。

"什么意思？我也得砍掉什么东西？"

"不，亲爱的，"他哈哈笑着说，"但你可能必须做出一些选择，因为有时候你无法全部拥有。"

"这是我应该知道的。"我说。

在随后的几个月里,我更加密切地关注我的那棵蜜露瓜,经常跑去看它长得怎么样了。每隔几天,我都会骄傲地看到更多的蜜露瓜。直到有一天,蜜露瓜不再长出新果实。几个星期后,一个也不长了。

"爸爸,我的蜜露瓜怎么了?"我眼泪汪汪地问,"它不再长出新的蜜露瓜了。"

"就是季节不同了,亲爱的。蜜露瓜在春夏秋时节生长,入冬后停止生长。什么都不能永远持续下去。"

"但我对它那么好。"

"是的,"他说,"但旧事物结束,新事物才会开始。"

"有什么是我应该知道的吗?"

"有,"爸爸说,"季节变换,只有旧事物消亡了,某种新事物才会取代原有的事物。"

"这是我应该知道的。"我说。

我仍然帮忙照料菜园里的其他植物,有一天我对爸爸说:"我真的想念那些蜜露瓜。"

"我知道,亲爱的。"

"爸爸,我在想,我们来盖一间花房怎么样?那样,我们就能一年四季种蜜露瓜了。"

"我不知道,"他说,"也许我们只应该等着合适的季节到来。"

"但我们能试一试呀,求你了,爸爸。"

"我想我们可以试一试。"爸爸同意了。

过了几天,花房盖好了。最棒的是花房里的架子从地上一直搭到天棚顶上。

"对蜜露瓜来说,这是一个美好的新家。"我说。

"对契斯曼尼西红柿来说也是如此。"爸爸补充了一句。

我们在花房的一边种上了蜜露瓜,另一边种上了西红柿。过了一个又一个星期,蜜露瓜的秧苗越长越好。爸爸的西红柿也是如此。然后它们结果实了,我和爸爸都觉得这间花房非常好。

"瞧,爸爸,我这儿有一个很小的蜜露瓜,还有几百朵小红花。这些蜜露瓜将会成为最好的。"

"你的这个主意真好啊!"爸爸边说边捏了捏我的手。

"爸爸,我想你应该知道点什么。"

"什么?"

"如果你非常想要某种东西,你就会有办法。"爸爸看着我。我看见他的眼眶里有一小滴泪,那一刻,我以为他要哭了。然后,他的脸上露出我所见过的最灿烂的笑容。他轻轻地点了点头,又捏了捏我的手。

"谢谢你,亲爱的,"他说,"这是我应该知道的。"

甄语录 梦想绝非可有可无，它是真正的指路明灯。我们应该学会蓄积梦想的力量，去穿越人生的风风雨雨。

坡上的矿车

□赵恒昱

在小时候照顾过我的长辈中，姥爷是和我关系最亲密的。这不仅仅是因为他长久以来循循善诱，更是因为他讲过的他年轻时的故事，萦绕在我的脑海中久久不能散去。

姥爷十多岁那年，轻轨铺到了他家门口，不过那时的轻轨都是靠人力来运作的。正值深秋，轻轨还在施工，姥爷经常跑到离村子不远的工地上玩耍。许多孩子都对这一新奇的事物充满兴趣，直到有一次姥爷和一群孩子去了工地上。

傍晚工人都下班了，工地轨道上静静地躺着运送石料用的矿车。他们打算干一票大的，合力将一辆空矿车沿轨道推上了山坡，然后一齐坐在矿车上从山坡上滑下。看着沿途不断变化的风景，姥爷再也忘不了此情此景。刚下山他们便被一个高大的面目凶狠的工人发现了。孩子们四散而逃，以后再也没有人敢去碰矿车了。

姥爷一直没有忘记这件事，放学后他常一个人坐在山丘上看着对面山坡上施工的情景。在夕阳的余晖下，远处隐约可见的工人推着矿车缓缓上爬的情形被映成了黑色。但在姥爷看来，无比炫彩夺目。

直到有一天，姥爷在轨道旁边徘徊闲逛时，遇到了两个推着矿车上坡的工人。姥爷在旁边站着看了好久，怯怯地走上前问道："我能帮你们一起推吗？"一个工人竖着大拇指说道："当然。"姥爷便和他们一起推起了矿车。因为三个人一起推，矿车很快就被推上了山顶。下山的时候不用借助人力，姥爷坐在疾驰的矿车上极目远眺，不远处丰收的田野不再是一幅景象，它仿佛成了一段时光，快速交织、旋转碰撞，让如今早已年迈的姥爷尽情地回味着年少时的记忆。

姥爷之所以帮工人推矿车，纯属为了推到山顶后享受坐着矿车疾驰而下的快感。不知不觉中他们已经将车推过了好几个山丘，而姥爷一点儿也不觉得累。无意中抬头，姥爷才发现旁边是一片橘园，这个橘园离村子已经有好几里地了。深秋的橘园里大大的橘子挂在枝头，在随风飘来的橘香中，姥爷逐渐意识到自己离家似乎已经很远了，不过姥爷没再多想，只是望着橘园咽了咽口水便继续向前推车。

慢慢地，周围的景色开始变得陌生，原本在深秋的渲染下多彩的山峦和田野，可能是傍晚的缘故，开始变得愈加昏暗。姥爷仔细识别，才发现到了枣庄，这怕是他小时候去过的最远的地方了，只有小时候跟着父母赶集的时候来过一次。不自觉中姥爷开始感

到慌张,他很想告诉那两个工人自己想回家了。他看向那两个工人,他们依然抬着头推着矿车,并没有想起小孩子该回家的事。

推过了一个很高的山丘,姥爷开始气喘吁吁,一低头俯视,前方顿时变得开阔起来,山脚下是一小片平原,不知是不是因为除了草,这绵延的土地平得让姥爷发慌。

他坐上了矿车,眼看着矿车便要顺着山坡滑下去了,突然,他发现山脚下绵延的平地变成了大海,而他正要往海里冲去。原先坐矿车下山的惊喜和兴奋在这一刻却突然演变成了内心的一丝恐惧。四围的景色开始变得模糊,姥爷只感到一阵眩晕,整个世界在高速中仿佛转了起来。速度越来越快,在夕阳中,姥爷变得无比恐惧。

矿车滑到山下后,他们推着矿车走了好长一段平路,姥爷只感到自己离家越来越远。不久,他们停在开在轨道旁的一家专门供铁道工人休息的小酒馆面前。那两个工人进去了一会儿,出来时手里拿着一包用牛皮纸包着的甜饼给了姥爷,姥爷当着他们的面吃了一口,这饼中夹杂着一股铁道上的沥青的味道。

他们推着车不知道往前走了多久,姥爷一直在极力压抑内心想哭的冲动。不久,他们终于在一家旅馆面前停住了脚步,那两个工人表示天要黑了,让我姥爷赶紧回家,他们两个要在这里住下。

姥爷忘记自己当初跑得有多快了,他边跑边哭,透过光的眼泪把眼前的景象变得多彩而又模糊不定。姥爷边哭边喊着妈妈,跑着跑着便把那一包甜饼随手扔在轨道旁边了。后来一只鞋跑掉了,他便把另一只也脱掉了,光着脚沿着轨道往回跑。太阳快要落山时,他看到了来时的橘园,姥爷害怕极了,他哭着把能扔的东西都扔掉了,只顾一个劲儿地往前跑。当他看到村里星星点点的煤油灯时,他哭的声音更大了,以至于那些干完农活回家的人们都在问他到底发生了什么。姥爷顾不得回答,人们望着他的背影,都在猜测他和别的孩子打架了。之后姥爷回到家中扑到他母亲的怀里,还是一个劲儿地哭。从那么遥远的地方一路跑回来,一回想起心中的恐惧,无论怎么放声大哭都无法释怀。

时隔多年,姥爷半辈子经历了很多风风雨雨,唯独这件事记忆犹新,始终没有忘记。世间的操劳使姥爷疲惫不堪,至今他眼前浮现一条路,宛如当时一般,是一条有着橘林幽香、高低起伏的道路,断断续续,细细长长。

甄语录 梦想绝不是梦。梦想一旦被付诸行动，就会变得神圣。

火车侠

□夏 阳

　　火车侠是我见过的最特别的一个人。他是我的高中同学，只是并不同班。不过，他是我们那所学校里无人不知的风云人物。

　　记得是在某节课上，我正被老师念叨得昏昏欲睡，旁边一个女生悄悄问我："你知道火车侠吗？"我说："动画片吗？"她摇摇头说："不是，是咱们学校的那个火车侠。"我一头雾水。她说："下课我带你去看看。"

　　于是，那天我第一次目睹了火车侠的真容。在拥挤的操场上，一个瘦弱矮小的男孩，穿着不合身的、土气的藏蓝色粗布上衣，头顶着一个泄了气的篮球，在跑道上旁若无人地奔跑，他的嘴里不停地发出类似开火车的"呜呜"声。周围聚集了很多像我一样慕名而来的人。大家哄笑、讨论，大喊着"火车侠"三个字。

　　火车侠并不是一个智力有缺陷的孩子。在我们那所重点高中，他的成绩中等偏上，只是平时内向沉默，很少与人交流。后来，火车侠的同班同学告诉我，即使是在上课，如果老师让他去黑板上做题，他也会"呜呜呜"地跑上讲台。有时为了活跃课堂气氛，老师会特地叫他去黑板上做题，每次大家都会哄堂大笑。我想，火车侠大概是活成了一个段子。

　　火车侠第一次展现他的才智，是在课堂上秒杀了地理老师。这位地理老师是个学识渊博的老头儿，上课时经常会提及一些课本外的知识。那天他照例说了一些非常偏僻的县市地名，一个接一个，像是相声里的贯口。正当地理老师陶醉之时，火车侠打断了他："老师，您说反了。"

　　全场寂静。

　　火车侠继续纠正："刚刚您说的两个地名，顺序是反的。"

　　地理老师沉默了几秒钟，随即大手一挥："不说题外话了，咱们继续上课。"

　　"呜呜……""一列火车"开上了讲台，所有人都愣住了。火车侠开始在黑板上画细细的轨道，他把地理老师说反的两个站点，以及它们前后的两个站点全部画了下来，甚至连站点间的距离都是按比例尺计算出来的。事实证明确实是地理老师记错了。

　　火车侠一战成名。在同学们的追问下，火车侠拿出一个词典那么厚的文件夹，里面夹着一堆粗糙、廉价的练习本，每一页都画满了火车——

　　火车头、车厢、车座、车轮、铁轨、操作室、货架……他告诉同学们，在他很小的时候，母亲第一次带他坐火车，从此他念念不忘，经常会梦到自己坐火车的情景。他陷入深深的迷恋，开始尝试去记铁路图，开始画火车，开始模仿火车。

我们每个人都有喜欢的东西，对吧？我喜欢摇滚乐，我哥们儿喜欢打篮球，坐在我后面的姑娘喜欢文学……可是我至今没见过任何人，像火车侠喜欢火车一样，赴死一般地投入。

那天大家像被火车侠感染了似的，开始像面对正常人一样面对他。有人问火车侠："你的理想是什么？"所有人都在期待一个宏伟的、振奋人心的答案，可火车侠却说："我就想当一名普通的火车司机。"我能想象到当时所有人听到这个答案后的失望，刚刚燃起的火焰熄灭了，生活回归现实。没有人再去看火车侠的画册，没有人再问他地理知识，当老师让火车侠开着火车上讲台做题，也无法再使任何一个人发出笑声。火车侠彻底沉默了。只不过，火车侠还是日复一日，在操场的跑道上，顺着他既定的轨道开着火车，"呜呜呜……"

不久，我离开了那所学校，再也没有想起过火车侠。多年以后我工作了，有一次和一群同事聊起各自学生时代遇到的神人，我给他们讲了火车侠的故事。那天晚上，夜深人静，我打开电脑，试图搜索火车侠的消息。

我真的找到了！不只我一个人，很多人都还记得他。我甚至找到了火车侠自己发的照片，他还是那么瘦，但很精神，穿着一身制服站在一列火车前。他现在是一名真正的火车司机。

我看到下面一个人的留言，应该是他的同学，写道：火车侠，当初我跟很多人一起嘲笑你，觉得你是个傻子。我现在做着根本就不喜欢的工作，过着根本就不喜欢的生活，今天我知道了，我才是那个傻子。在所有人里，只有你，实现了自己的理想。火车侠，虽然晚了很多年，但我还是要对你说一声"对不起"。🌲

甄语录 事事工于算计，处处欲求"美满"，结局往往适得其反。

留一道缝隙

□右　耳

曾祖父是名好木匠。晚年的他有一句口头禅："注意了，留一道缝隙！"

木工活儿讲究疏密有致，该疏则疏，不然易散落。高明的师傅懂得恰到好处地留一道缝隙，给组合材料留足吻合的空间。

其实，做人与处世，和木匠的工艺原理一样，讲究"留一道缝"。假若事事工于算计，处处追求"美满"，人与人之间的关系岂能不紧张？留一条缝隙，给自己，给他人，就是留出能够让彼此融洽相处的人际空间。🌲

甄语录 世界上没有轻而易举的热爱,但它确实是实现梦想的良法。

热爱的厚度

□ 玖 玖

1826年,查理·沃斯生于英国林肯郡的一个普通农民家庭。因生计所迫,12岁时查理便来到巴黎讨生活。他从成衣店的小伙计做起,逐渐成为一名服装设计师,在时尚之都巴黎崭露头角。后来,他一手开创了巴黎的高级时装业,也是服装表演的开创者。在世界服装史上,查理占有举足轻重的地位,被誉为"时装之父"。

有两位年轻的设计师曾慕名拜访查理·沃斯,他们想知道查理取得如此成就的原因。查理的回答很简单:"因为热爱。"青年不解,于是继续问:"我们也很热爱服装设计,为什么一直没有什么进步呢?"查理想了想说:"你们量过热爱的厚度吗?"青年有些不解:"热爱还有厚度?"查理将他们带到自己的设计室,拿出尺子量了量那堆得高高的设计草稿,两位青年瞠目结舌。那草稿足足有5米厚。

甄语录 心中装着更广阔的世界,我们才能有更大的惊喜、更具韧性的人生。

关心更大的世界

□ 张 恒

英国哲学家斯图亚特·密尔说,当人们把眼光放在别的事物上时,也顺便找到了自身的幸福。这并非一种利他主义,而是一种更广阔的自我探索、自我建构。我们终究是一个社会人,与周围的世界息息相关,呼吸着树叶散发的气息,吃着他人制作的食物,为他人提供服务。当我们完全沉迷于自我,沉迷在手机屏幕上的小世界时,别以为那些短视频能带给你更广阔的世界。相反,那是一个靠着算法建立的时间牢笼,我们从来不会从中获得幸福。只有心中装着更广阔的世界,我们才能有更大的惊喜、更具韧性的人生。

甄语录 让自己的生命留下痕迹吧，证明这个世界我来过。

让自己的生命留下痕迹

□陈海贤

我看过的一部纪录片里介绍了一位叫孔龙震的画家，他原来是集装箱货车司机。有一年，在一段长达14千米的下坡公路上，他的车刹车失灵了。那一刻，他感觉自己命悬一线。他疯狂地按喇叭，咬着牙抱着方向盘，侥幸逃过一劫。

在回顾这惊魂一刻时，他说："我觉得那一刻，或许生命也不是最重要的，人生的理想才是最重要的。当车停稳，狂喜过后我就想，我必须在自己的人生中做点什么。我能做什么呢？画画。我从小就喜欢画画，这个梦想从来没有磨灭过，只是被压制了。直到那一刻，这个梦想才破土而出，我觉得它很重要……开车是我的生活，是现实。画画是我的……也不能说是梦，是为了让自己的生命留下痕迹，证明我来过这个世界。"

后来，他克服生活的种种艰辛，坚持在跑长途的间隙，在狭小的货车驾驶室内，把生活的辛酸和无奈变成独特的画作。他用了10年，逐渐画出自己的天地，成为一名职业画家。

这个圆梦故事并不是我要讲的重点，我想说的是，他用自己的画作实现的理想："让自己的生命留下痕迹，证明我来过这个世界。"

甄语录 向愿望所在的方向靠近，原是人生最大的乐趣所在。

你的愿望是什么

□田晓菲

理想是个"大词"，愿望是个"小词"。

"理想"是固定的、僵硬的，带有束缚性和压迫性，它或者还没有实现，或者已经实现。已经实现的就不再是理想，还没实现的时候，理想总是迫使一个人把注意力放在"还没有"上。

"愿望"却是可以不断变化、不断发展、不断扩大的。人在不同的年龄当然有不同的愿望，而且同样的愿望也可以不断地修正和调整。朝自己的愿望所在的那个方向不断地靠近，是人生最大的乐趣。

> **甄语录** 当我们能力不足时，会错过很多机会，但这件事并没有结束，我们只需做好准备，在未来等着下一次机会。

在未来等着那头熊

□张君燕

奥尔多·利奥波德，美国著名的科学家和环境保护主义者。他在威斯康星州长大，从小和兄弟们就喜欢在丛林中玩耍，父亲常常教他们制作木质玩具，有时还会教他们打猎——丛林中时常有野兽出没，学会打猎也算是一种防身的技能。

有一次，利奥波德和哥哥去丛林中打猎，半天下来，竟有不小的收获，打到了好几只野兔和松鸡。准备回家时，他们突然发现了一个大猎物——一头黑熊。利奥波德和哥哥很兴奋，在这里很少能遇见黑熊，而且猎杀如此庞然大物也是他们一直以来的梦想。不过，在打出第一枪之后，他们就后悔了。与父亲比起来，他们的枪法简直太糟糕了，这非但无法制服黑熊，反而会给自己带来极度的危险。意识到这一点后，利奥波德和哥哥赶紧撤退了。

与大黑熊失之交臂，让哥哥懊恼不已，接连抱怨了好几天才罢休。利奥波德倒是没有过一句抱怨，但是那天之后，他每天都会练习射击，向父亲请教狩猎黑熊的技巧，还坚持跑步、打拳，以锻炼自己的体能。见此，哥哥笑着说："算了吧，黑熊已经跑了。我敢保证，这两年我们都不可能再遇见一头黑熊了。"利奥波德没有说话，却仍然坚持锻炼。后来正如哥哥所说，在他们居住在威斯康星州的几年里，确实没有再遇到过一头黑熊。

直到后来，利奥波德从耶鲁大学林学院毕业后，进入位于新墨西哥州新成立的美国林务分局开始了自己的林业和环境保护与管理生涯。在一次工作中，利奥波德遭到一头黑熊的突袭，最终他孤身制服了那头黑熊。这件事情引起了很大的轰动，人们对利奥波德简直佩服不已，纷纷向他讨教经验。利奥波德对人们讲述了少年时的那件事，并笑着说："我已经等了它十几年。自从当年错过了那头熊，我就告诉自己，随时做好准备，在未来等着它。"

人生中，当我们能力不足的时候，会错过很多机会和可能。很多人错过后，也只是哀叹几声就算了。但其实这件事情并没有结束，现在赶不上没有关系，我们只需要不断提高自己的能力，做好准备，在未来等着下一次机遇。

甄语录 爱是黑夜中的光，是美德的种子，它引导我们上升。

那个改变我命运的人，走了

□ 草莓超人

小学五年级时，我生了场大病。父母带着我四处求医，彻夜在医院排队挂号，好不容易被一家知名医院接诊了。

医生冷言冷语，说我是自身免疫缺陷病，治不好。我妈听后，当场抱着我痛哭，当时我小小的内心充满恐惧和绝望。

擦干眼泪，我妈坚定地表示不相信，于是又带我去了另一家三甲医院，同样挂不上号，或许是为母则刚，妈妈鼓起勇气，直接拉着我叩开了主任医师的房门……

那天阳光刚好洒了进来，主任高大的轮廓被勾勒上了一层金边，他见我们母子痛苦又惊慌的样子，安慰我们不要害怕，并且给我加了号。

得知我看完病还要去上学，他让我每次七点半就去找他，他会第一个给我看病。为了鼓励我，他还经常送些出国讲学带回来的文具给我，让我好好学习。

当然，我也卸下了最终的包袱，我得的不是那么可怕的自身免疫性疾病。

从此，一个做好医生的梦想便在我心里生根发芽，我也一直为这个梦想努力着。一番拼搏后，我真的考上了当年主任毕业的学校。

毕业实习，我正好被分到主任所在的医院，我兴高采烈地去找他，却没有在出诊名录上看见他的名字。我去服务台询问才得知，他因突发心梗，几天前过世了。

之后很长一段时间，我内心都空荡荡的。我无数次告诉自己这不是真的，他还活着，晚上只要一闭眼睛，眼前就全是第一次见面时他的身影。

实习结束后，我留在了这家医院。是主任改变了我的命运，让我从这家医院的一名患者变成了医生，我决定继承主任的衣钵，跟他一样，尽力去救死扶伤。

前两天出诊时，一位妈妈领着一个女孩进来了，女孩怯怯地跟在妈妈身后，妈妈抹着眼泪说："您救救我家孩子吧，别的医院判了死刑，但我们又没挂上您的号。"

一刹那，熟悉的场景，熟悉的对白，所有尘封的记忆再次涌上心头。我笑着安慰她："没关系，别着急，别哭了，我给您加号。"我又把手机号留给她，让她有问题随时找我，并且告诉她，孩子每次七点半来，我第一个给她看，这样不会影响她上课。

我想，是该我报恩的时候了，我一定要做一名好医生，将医者的大爱传递下去。

甄语录 一个为热情所鼓舞，并且懂得坚守的人，往往更能做出值得人们钦佩的事情来。

愁容骑士与葱油饼

□依 时

他不许任何人进来。半扇门，就是一道结界。你看得见他，却走不近他。这半扇门将外面的世界和里面的世界分隔清楚。

外面的世界，是这个茂名路和南昌路的路口，欧洲风格的静谧小道，欧洲风格的梧桐落叶，很多人心中真正的上海残影。朝北只消再走一个路口，就是淮海路，那里有各种热闹。而这些热闹，都属于外面的世界。

里面的，才是他的世界，阿大的葱油饼铺子。六七平方米的民宅底楼，藏在拐角深处，却已经远近闻名了。一周六天，这个拐角总有人排队，甚至有许多客人是慕名从浦东、川沙、闵行赶来的。

做葱油饼这么具有烟火气的事情，阿大穿一身纤尘不染的白衣服来面对。衬衫领口袖口，都干净得要命。精瘦见骨的阿大有严重的驼背，弧形的脊骨高高撑起白衬衫的后部，站在那采光不良的小铺子里，却似乎整个人都像迎风的船帆了。

他的海洋，就在这屋里，炉火构成的热浪潮起潮涌，自有节奏。一双精瘦的手，在案板上揉面团、加猪油渣、刷葱油，将面团揉成长条、盘成圆形，再压成薄饼坯。如此，方能上炉，先在平底炉里用油煎至两面金黄，再放进烤炉烘烤。

因为驼背，阿大总是弓着身子，表情严峻，好像愁容骑士盯着风车一样，他锁着眉头凑近了盯着他的面团。似乎那里有一个精妙完美的世界，因此整套工序必须如榫卯咬合，任何一个疏漏，都会致使这个精妙的世界崩塌。任由外面排队的人已经站到了马路边缘，他铺子里的节奏纹丝不变。饼的总数上限是一天300个，做完就收工。

于是，那些坐着公交地铁来的、步行来的、驾驶豪车来的，平日里一个个等红灯超过一分钟都要开骂的。到了这里，又都耐下性子来。时间真是相对的东西。

竟也有人终于耐不住，扬声在队伍末端催促，"能不能快一点儿？都等了一个小时了"。但很快他的前后都会嘘他，"你得让阿大按照自己的规矩来"。那催促的，也就不吱声了。

愁容满面的阿大，终于允许这一炉葱油饼出锅了。等在队伍最前端的人雀跃不已，伸手就要拿。阿大立刻阻止。在完成这一炉葱油饼的沉静的二十分钟里，阿大第一次开口说话："不许拿！要放两分钟才可以。不然不脆！"

这顾客的手，正急不可待地伸出，现在又犹豫着缩回了，位置正在阿大葱油饼铺的半扇门上。刚出炉的葱油饼，正夸张地冒着香气滴着油，把它们从那道门里取出来，这种仪式也就结束了。

跨过了这道结界，就是外面的世界了。

甄语录 伟大的生活不是静止，而是同静止作斗争，是创造，是对旧事物的吸引力的反抗。

我是小说家吗

□ 育 邦

在一个写着评论圣伯夫文章纲要的小本子上，马塞尔·普鲁斯特写了这样两句话："我应该写小说吗？我是小说家吗？"这样的彷徨驻足与迟疑自问也许萦绕了普鲁斯特的一生。

在正式创作《追忆似水年华》之前，普鲁斯特如阮籍《咏怀》中所言："娱乐未终极，白日忽蹉跎。"人们普遍认为他是一个花花公子，对文学充满虚荣，是一个流连于达官贵人与上流社会的交际达人。

事实上，此时的他已展现出必然成为一位巨大的独创性大作家的所思所想。1908年1月，一场扬言能生产人工钻石的骗局即"勒莫瓦那事件"刺激了普鲁斯特，作家的幽默感被激发出来。2月22日，《费加罗报》文学增刊发表了普鲁斯特就"勒莫瓦那事件"展开评论的第一部分，分别模仿了巴尔扎克、龚古尔兄弟、史学家米什莱和批评家埃米尔·法盖的文风。3月，文章的第二部分发表，普鲁斯特又分别模仿了福楼拜、圣伯夫和勒南。这7篇文章合在一起被称为《勒莫瓦那事件》。

普鲁斯特在语言模仿上绝对是个天才，但他对仿作的要求甚严，致力于寻找出所要模仿作家的口吻、节奏和笔调。他发现并成功复制这些作家写作的"秘密指纹"。普鲁斯特在模仿这些大作家的时候，娴熟地掌握了"十八般武艺"，也发现了他们的写作方式永远无法实现他所需要的表达。他清晰地认识到无论有意模仿还是无意为之，都是他必须越过的藩篱。"有意模仿，是为了以后再次拥有独特性，而不是终其一生无意识地进行模仿。"多年之后，为了反击当时人们对福楼拜的攻击，普鲁斯特为福楼拜撰写了一篇评论，他阐释道："如果我们的心灵没能就自己无意识的创作进行分析，或者没有对分析过的东西进行再创造，它就永远无法满足。"

从1908年5月开始，普鲁斯特不再沉溺于仿作，而是深入探索真正属于自己的艺术星球。作为文体革新家的普鲁斯特显然要从旧路中抽离，开辟一条前无古人的道路。普鲁斯特不再满足于龚古尔兄弟的文本，在"过去的将来"中，普鲁斯特将会成为这样一位小说家："我已经不再注意表面现象，就像一位外科医生，通过女性的肌肤，发现腹腔内的病灶。"1908年，普鲁斯特写出《勒莫瓦那事件》《驳圣伯夫》后，反复思考构建自己的艺术大厦，他下定决心写出一部波澜壮阔的小说。

这一年，普鲁斯特37岁。从此，巴黎奥斯曼大街102号的灯就常常亮着，它日夜陪伴着那个创作《追忆似水年华》的人。直到1922年11月18日，灯灭人寂。

甄语录 参与创造，这是人力所能达到的一个奇迹。

人能达到的奇迹

□ 蓝袜子

我赶到的时候，老师已经带着小伙伴们在削铅笔了。

窗外的枫树铺天盖地地金黄着，阴天也一样耀眼。把素描纸夹在画板上，握着铅笔，听老师讲，怎么确定起笔的位置，光与阴影怎么对比……我们六个成年人一起开始学着画正方体。

要多笨拙就有多笨拙。线画不直，心里渴望一把尺子，这当然是不可以的。边缘歪歪扭扭，我画的正方形像是被捶过。阴影部分，有的要涂得很黑，有的部分浅一些就好。

我总是不敢下手使劲涂，老师反复鼓励："大胆涂，不要怕。"当我们犹豫不决想要擦去不满意的地方，她又拿过铅笔在纸上唰唰唰地加重捋直，"保留作画痕迹不影响成画效果……"

教室里很安静，唰唰唰的声音此起彼伏，有时候听起来像是锯子在奋力锯开木头，我们都是学艺的木匠。

世界上怎么会有画画这样神奇的事呢？一支平平无奇的铅笔，借由光影的关系，从平平无奇的一张纸上，渐渐创造出一个图形，一个看起来宛如真实存在的物体。无论它是什么，都是从无中而来的，每个脉络、每个光芒、每个暗角都是我赋予的。它幼稚朴素，同时带着新生的羞涩，静静地沐浴在它那个世界的微光中。它已经不是我的了，但它又确实是我的。

我在心里轻叹一声：终于开始学画了。我想画画，好像是想要窥视一些事情，一些关于造物和自己的秘密。我总觉得这个世界很神秘，无穷的宝藏隐匿其中，唯有掌握了秘术的人才能得到。绘画就是这样的秘术之一。

色彩和光，形状和线条，世界分解开来看很简单，组合在一起就是奇迹的诞生。参与创造，这是人力所能达到的最大奇迹。

如果坚持练习，我的笔下也会有一个全新的世界。我端详着自己的手，很满意它有这样的前途。

甄语录 不要漠视"热爱",它会让你以卑微的生活,赢得崇高的地位和荣誉。

最卑微的生活和热爱

□祁文斌

每年的四月是法国的"莫里哀戏剧月",在该月里,法国全境不遗余力地上演莫里哀的戏剧作品,蔚为大观。从1996年开始,法国政府便确定以这种特殊方式,纪念他们17世纪的伟大戏剧家莫里哀。

在世界戏剧史上,莫里哀声誉卓著。然而,他生前更多的时候只是一个演员,一个经常饰演自己剧本中被嘲讽的那个"丑角",猥琐不堪。他原名让·巴蒂斯特·波克兰,莫里哀只是他的艺名。演戏在当时是一种让许多人不屑的卑贱行当。

莫里哀一生钟情于戏剧和表演。为从事自己所爱的事业,他放弃了原本可以沿袭的"国王侍从"名分和父亲希望他继承的事业——经商,或者做律师。由于债务,他曾颠沛流离十多年。劳累过度使他罹患肺病。集编剧、导演和演员于一身的莫里哀最终死在了他热爱的舞台上,年仅51岁。因为教会的压制,莫里哀的葬礼在一个黄昏后举行,冷冷清清。

"他是一个独来独往的人,他的喜剧接近悲剧,戏写得那样聪明,没有人有胆量模仿他。"德国文豪歌德说。

法兰西学院成立后,当时炙手可热的诗人、文艺评论家布瓦洛被选为院士,他曾劝莫里哀不要做演员,这样便可能当选院士,获得作为文人的至尊荣耀和身份,莫里哀谢绝了。传闻,莫里哀去世后,路易十四问布瓦洛,自己在位期间,是谁在文学上取得过莫大的成功。布瓦洛回答:"陛下,是莫里哀。"

莫里哀以最卑微的生活和热爱,赢得了在欧洲乃至世界文化中的崇高地位。于是,今天的人们很容易在气势不凡的法兰西学院大厅中发现一尊莫里哀石像,洁白的石像底座上刻着这样两句话:"他的荣誉什么也不缺少,我们的荣耀却缺少了他。"

甄语录 正是因为那些极其聪明又简单纯粹的人，人类才能从众多动物中脱颖而出，成为文明的物种。

"唯一未被荣誉摧毁的人"

□董洁林

玛丽·居里夫人是我的偶像，也是很多理工科学生的偶像。她两次获得诺贝尔奖，第一次是物理学奖，第二次是化学奖，这在诺贝尔奖一百多年的历史上是绝无仅有的。

她的祖国是波兰，当时被俄罗斯占领（1918年后独立）。家里拮据，她17岁就出去做家教赚钱，还寄钱资助在巴黎学医的姐姐。1891年11月，攒足路费后，玛丽奔赴巴黎，走向了物理学之路。1897年，已经嫁给居里先生的玛丽获得了两个学士学位，第一个女儿也出生了。在居里先生的鼓励下，她选择了放射性元素作为自己博士论文的研究主题。1898年，玛丽发现了两个放射性元素，"镭"和"钋"。其中"钋"（Polonium）的命名出自波兰的谐音，玛丽在用自己的方式向苦难的祖国致敬。1903年，36岁的玛丽和44岁的居里先生因研究物质放射性的成就而获得了诺贝尔物理学奖。居里先生于1906年因车祸去世。1911年，诺奖委员会因为居里夫人发现镭和钋等元素把化学奖也颁给了她，再次肯定了玛丽的科学贡献。

玛丽一生的成就和荣誉无数。但在读她的传记的时候，震撼我心灵的不是她的科学成就和荣誉，而是她对待科学的那颗单纯的心，她是为了科学探索和发现而来到这个世界上的，她的最大享受是思考和宁静。爱因斯坦说她是"唯一未被荣誉摧毁的人"。

居里夫人曾经数年没有工资在简陋的实验室里没日没夜地干活，家里靠着居里先生的工资维持基本生活。当时的女科学家职业出路不好，科学界没有女性的位置。即使在拿了诺奖后的一段时间，居里夫人仍然在中学教书。直到她去世，法国科学院也没有接纳这位两次获诺奖的女科学家成为院士。居里夫人深知自己选择的工作和生活方式很艰难，她长期不问西东、心无旁骛地投入科研，靠的是对科学的热爱和简单的好奇心。

居里夫妇对"科学精神"有自己独特的诠释。1902年，他们在讨论是否为提纯镭元素的方法和制作工艺申请专利时，明确知道这些技术很有商业价值，可以赚很多钱。当时，他们的生活拮据，实验室也非常需要钱，但他们最后决定无偿公布提纯技术和工艺，世界各地的很多科学家和企业向他们索取制作工艺时，他们都耐心回信、一一相告。他们认为只有这样才符合"科学精神"。

1921年居里夫人访问美国,主要议题是去接受美国人民捐赠的一克镭。当时,欧洲刚刚从第一次世界大战中解脱出来,一克镭的价格昂贵,这位镭元素之母及其领导的实验室也无经济实力购买,对居里夫人满怀善意的美国人非常乐意赞助。在参加美国总统出席的捐赠仪式的前夜,居里夫人看见了捐赠协议,上面写明这一克镭是捐给她个人的。她立刻要求将协议更改为捐赠给她领导的实验室,她不愿意在万一她意外身亡的情况下,这笔财富由她的女儿们继承,因为这样不符合"科学精神"。

在这次旅行中,居里夫人还收到一份意外的礼物,美国布法罗自然科学协会给她送来了一幅装裱精美的信件,这是居里先生于20世纪初寄给他们的详述如何提取镭元素的手写指南,也是科学家无私地向世界传播科学的生动证据。

"科学精神"内涵很丰富。在居里夫人看来,"科学精神"是一种利他的公益精神。无论历史上还是今天,都有很多像居里夫妇这样具有利他主义精神的科学家。正是由于这些极其聪明而又简单纯粹的人,人类才能从众多动物中脱颖而出,成为文明的物种。

甄语录 生命固然微小,但每一个脚步都像雪落,无从怨,更无从悔。

雪落无声且无悔

□王丽君

冬夜的雪坠落的姿势最是温柔,仿佛要将眼光中所有的冷都覆盖。次日响晴,一夜月光普照,满地莹白如流淌的河水。

小路上的足迹都被覆盖了,两边的丁香树洁白,也有阵阵冷香回荡。

人们坐在屋里,只将这寂静而简单的夜色交给行走的云光。鸟雀的梦在哪个枝头栖息呢?心灵的鸣溪又在哪里潺潺?记忆系于每一朵飘落的花,冬天完整地保存着关于缘分的故事。

偶尔会有一个人踩上月夜的雪地,那么,便会有一颗心和星空出奇地靠近,可以伸手一掬梦寐的宁静与惊叹,或许还会有一抹淡淡的忧伤如轻云滑过。这种时刻,是否正含有谁不懂的诗呢?而内心繁华簇积的感受不正是优美的吟诵吗?

生命就是这么微小。一朵雪的经历,在掌心短暂的融化却是那么久长而巨大的震动,很美。不要出声,只需悄悄地从雪地里走过,就可见一世路途的情状,幽邃而透亮。

每一个脚步都像雪落,无怨无悔。

> **甄语录** 就是单纯的喜欢，足以让我们获得生活的充实和内心的满足，因为这会让我们拥有富足而饱满的灵魂。

富足而饱满的灵魂

□ 张 希

晚年退隐浙江老家的元代著名画家赵孟頫，某日迎来了一个不速之客。一个头发花白凌乱的老头，站在他面前。老者言明要拜在赵孟頫门下学习绘画。虽说这些年慕名来学画的人不少，但赵孟頫还是第一次见到这么大年纪的。他问其年龄，来人答：五十岁。虽有外甥王蒙的引荐，赵孟頫仍有些疑虑：这人年纪是不是太大了？再者，其人已经具备相当高的诗书画的技艺，五十岁再学艺，目的是不是那么单纯呢？他又能学进去多少呢？老者显然看出了赵孟頫的心思，他安心住了下来，从此悉心向赵孟頫学画，以实际行动向老师表明态度，并以"松雪斋中小学生"自比。赵孟頫字松雪，松雪斋就是其书斋名。赵孟頫最终还是收下了这个年过五十、比自己小十五岁的学生。

在那些日子里，老者专心临摹师父的画，完成师父布置的作业。赵孟頫发现自己这位学生静气凝神观察景物时，如木雕泥塑一般。但是观察之后，他总要认真构思一番，才下笔作画。

在此潜心十载，六十岁的老者，又一次做出了在当时人看来匪夷所思的决定——他开始云游天下，而且说走就走，一路结交江南各地同好诗、书、画之人，朋友遍及儒佛道。他一路走一路画，以这种独特的方式，寄情于天地山水间。

转眼间，又过去了许多年，老者选择在富阳定居下来。面对滔滔的富春江水，他细品人生四季之美，用心绘制成了《富春山居图》《富春大岭图》等多幅画作。当然，他不知道自己用了四年绘制成的《富春山居图》，会成为流传千古的旷世奇作。是的，这位老者便是元代著名画家黄公望。

后来，曾与其同游的师弟无用禅师，几经周折找到了黄公望，手捧那幅举世无双的《富春山居图》，激动得老泪纵横。黄公望则开怀大笑，二话不说，将它赠予师弟。将这幅心血之作拱手相让，黄公望做得干脆利落，没有丝毫迟疑。这是何等洒脱！然而，值得玩味的是，无用的后人将此画变卖换钱，从而让《富春山居图》开始了近六百年传奇而曲折的经历。

现在的人们，总爱将"成功"二字挂在嘴边，我不禁想问什么才是成功？是豪宅名车、锦衣玉食？是名闻天下，财源广进？仅就人生这根时间轴，几十年有限的长度而言，以上这些恐怕都不算成功。黄公望的故事，让我明白：真正的成功是将自己最喜欢的事情做好，以自己最喜欢的方式去生活。

黄公望可谓少年得志，以"神童科"入仕，之后的仕途却相当不顺；书吏做了很多年，受上司牵连入狱。从年少入仕到中年入狱，世事无常，人生的跌宕起伏，让黄公望彻悟。所以，他出狱后，彻底远离名利场，用宝贵的后半生，找寻真正属于自己的人生。友人郑元佑曾描述晚年的黄公望："头蓬、面皱、丝鬓垂。"不修边幅的黄老先生，泛舟于太湖，悠扬的笛声，吹得好不畅快；他独自攀山越岭，举瓦罐豪饮浊酒，笑声回荡于山谷之中。这又是何等逍遥！

常听人说，这辈子要活出个"样儿"来。黄公望并不追求什么"样儿"，他要的是活出"味儿"来。这正是自称"大痴"的黄老先生超然世外的大智慧。

其实，人生成功与否，主要是个人的内心感受，是一种自我评判。正确的自我评判，需要一个人充实而丰盈的内心世界作为支撑。有多少人，在追逐名利的过程中，丢掉了自己的灵魂，这样的人生即便再富足——他能做到的，不过是简单的欲望满足——其精神世界的空虚永远无法填充。

在世俗的眼光中，黄公望的一生真的算不得成功——虽说创作了旷世之作，但他生前未从中获得任何好处，既无名又无利。但黄公望老先生本人肯定不这么看：他爱画，就是单纯的喜欢，他从中获得了生活的充实和内心的满足，这一切原本就与名利无关。我想，在即将告别这个世界的时候，黄老先生会认为自己清贫、奔波且曲折的一生是成功而幸福的——因为他有着真正富足而饱满的灵魂。🌲

甄语录 世界上值得做的事情很多，能够看护好他人，尤其显得伟大。

世界上只有两件有价值的事

□大音希声

我很喜欢法国作家夏尔·布德莱尔，他有一句名言非常简短。他说世界上只有两件有价值的事：第一件深感惊喜，第二件使他人惊喜。

我们扩展一下，世界上只有两件有价值的事：第一，我好好地活着；第二，我帮别人好好地活着。世界上只有两件有价值的事：第一，我幸福地活；第二，我帮别人幸福地生活。世界上只有两件有价值的事：第一，活得明媚，像花一样灿烂；第二，帮别人明媚地生活，帮别人开出花来。🌲

甄语录 当你能看清你的前方，你就知道该走一条什么样的路。

饮品研发师是做什么的

□ 邢亚琪

"因为热爱"而选择成为饮品研发师的沈亮今年34岁，他在饮品研发行业已工作4年。成为饮品研发师后，沈亮发现不少人对这一行都或多或少存在误解，比如有人认为味觉敏感者是天生的饮品研发师，但在面试中，味觉敏感者反而最容易被淘汰。

因为一个人味蕾中的味细胞越丰富，越能感受到某一种味道带来的味觉刺激。比如，普通人觉得味道正好的一道菜品，如果让味细胞丰富的人品尝，可能会觉得咸味过甚。所以在招聘饮品研发师时，超级味觉者往往并不在考虑之列。

有意思的是，虽然超级味觉者并不适合从事饮品研发，但在培养饮品研发师时，不少培训机构都会着力培养饮品研发师记忆味道的能力。

沈亮介绍道："在培训中，我们会在一升水中加入不同剂量的糖、盐、柠檬酸或者苹果酸等不同的风味物质，这些物质或单一添加，或相互组合。学员在喝这杯水时能准确判断出风味物质的种类和添加量，对研发新的饮品至关重要，他们会在反复尝试中记住那些风味物质组合后产生的新味道。"

除了对味道负责，研发师也要着意降低新研发饮料的原料成本，从而使新饮品获得更多商家的青睐。在电商平台上，沈亮所在公司销量第一的产品为一款葡萄汁，其诞生路径生动说明了降低原料成本对研发师和饮料商的重要性。

在研发葡萄汁之前，沈亮是自制黑提饮料的忠实拥趸，产生研发葡萄汁的想法也与此有关。有段时间，沈亮喜欢的黑提饮料出于各方原因被下架了，他便由此产生了制作葡萄类饮品的想法。但是，黑提并不适合作为原料，因为当时黑提的价格很高，一杯普通的黑提饮料能卖到30元左右，这是很多饮料商都不能接受的，更不要说饮料商下游的顾客了。

为了降低成本，沈亮和同事着手筛选市场上不同品种的葡萄，却始终没有找到既能保证味道接近又能实现价格低廉的"黑提替代品"。直到过了7个月，在尝试了几十种葡萄以后，沈亮和同事共同研发的葡萄汁才正式问世。与沈亮之前饮用的黑提饮料相比，售价30多元一升的葡萄汁可与金橘等其他原料共同作用，生产出数杯口味接近黑提的饮料。

而在大连，沈亮的朋友曾开过一家咖啡馆，他的店内在冬天曾售卖过橙汁。沈亮回忆，当时朋友店内一杯橙汁的定价为56元，一杯300毫升的橙汁需要5~6颗橙子，而当时大连一颗橙子的价格约为12元。"这意味着生产出来的鲜榨橙汁不挣钱，即使商家能找到直供渠道，降低橙子的成本，一杯鲜榨橙汁的利润也并不可观，除非这杯橙汁是在南方生产的，能享受南方低廉的果价。"沈亮称，"饮品研发师要降低成本，就要有这种地域观念，能准确根据不同地区人们的消费习惯、口感喜好等，来研发适合当地的饮品。"

但有时候，单纯的"内在美"还不足以使一款新研发的饮料成为爆款，引人注目的颜色同样不可或缺。沈亮曾参与研发过一款名为"星空脏脏"的饮品，该饮品需要将紫薯粉调和成泥状后和玉米粉混合，再涂抹于杯壁上，紫黑掺白的颜色和后加入的淮山药粉互相映照，看上去就像条条银带中群星在闪烁。"星空脏脏"生产出来后投向市场仅3天就大获成功。沈亮明白，"星空脏脏"能大获成功，与其具有美学价值的色彩搭配和富有浪漫气息的名字不无关系。

一杯好的饮品从诞生到投入市场往往要由研发师多次打磨，这是因为影响饮品口感的因素有很多。比如，不同的柠檬种类会具有不同的香气和口感，同一种柠檬的味道也会因为捶打次数的不同而发生变化。

为了准确把握不同原料在使用量、混合剂等发生变化时对味道的影响，饮品研发师往往需要多次品尝同一原料、不同原料。沈亮介绍，在研发葡萄汁时，他和同事将同一款原料标注为A，通过控制用量、混合物等变量，A可变为A1、A2等，若原料A被多次尝试后仍不能达到理想状态，则开始试验原料B。根据试验记录，沈亮和同事在研发葡萄汁时试验的葡萄种类用26个字母已无法满足标注需求，后又新加了另外10个字母协助记录试验结果。沈亮笑称，那段时间食用了太多葡萄，以至于他后来有段时间看见葡萄就想绕路走。

除了尝试原料，饮料研发师接触最多的还有配料种类、分量等不断变化的饮品。因为身体长期处于高糖环境之中，健康变得遥不可及，而他也患上了"三高"。为了保持健康，沈亮变成了健身达人，每天通过快走帮助身体消耗热量。

沈亮的同事和他聊天时感慨道："别看饮品研发师赚钱，但这些钱真的就是拿健康在换。"

在所在之地寂然绽放

□ 汪星宇

> **甄语录** "你所在的地方"可能并不完美，甚至让你觉得处处掣肘，但你所在的地方就是你的根基。

小时候在爷爷奶奶家后院儿闹着要帮忙劈柴的时候，他们曾扶着木头教我："要顺着木柴的纹理下斧，这样才能一劈到底。"这句话，混合着木柴和泥土的气味，深深刻印在了我的脑海里。每每想起，总觉得这与其说是一点儿简单的常识，不如说是爷爷奶奶多年人生经历的总结。

总想聊聊爷爷奶奶的故事。尤其在经历过一些成长之后，越发觉得我们年轻一代面临的很多问题和困惑，或许能从他们那里获得一些启示。

幸运的是，我的童年和爷爷的童年共享着同一个空间——上海市南汇区大团镇的一个乡村。从这个意义上说，我和爷爷都算土生土长的上海乡下人。高楼鳞次栉比，车水马龙，颇为洋气的上海也有和别处没什么不同的乡下。在这里，人们也种地、养鸡、养鸭，住小土房，在大树下纳凉。在这样的环境中成长，我美好的童年记忆大部分都与此有关。

除了抓鱼、挖坑的乐趣，乡下生活给我印象最深的，就是成片的种瓜大棚。南汇区原是上海有名的瓜果产区，尤以8424西瓜最为有名。小时候每每走近种瓜大棚就能感到一股热浪往外涌，冲进去就像探险，然后就可以抱着甜甜的西瓜出来。长大后才明白种瓜人的辛苦，他们的生活状况在我脑海中留下了深刻印象，以至后来无论读鲁迅的《故乡》，还是杨绛的《老王》，我都全无隔膜，而且非常理解杨绛所说的那种"幸运的人对不幸者的愧怍"。

随着浦东的开发开放，我的童年并没真正吃过从土地里讨生活的苦，但我的爷爷和爸爸都真正经历过。我爸后来通过考大学离开了乡下，爷爷却在那块土地上待了一辈子。一辈子有多长，我不知道，大概长到年少时那些你觉得刻骨铭心的事都再没人知道，甚至你自己也都淡忘了。就像爷爷年轻时的事，我也是在很久以后才知道一个模糊的轮廓。

　　爷爷在我记忆的初始是个无所不能的爷爷。他是全村最能干的电工，村子里谁家的电路出了问题，或是电器坏了，一声招呼，爷爷就到了他们家门口。三下五除二拆了设备，再捣鼓捣鼓装回去，电灯就亮了，收音机就有声儿了，电视就有了画面，简直像变魔术一样。

　　年龄大了，爷爷还下地干活儿，地里的收成一直不错，每年家里都会为吃新稻还是旧米争论一番。爷爷还写得一手好字，算得一笔好账，村里谁家办喜事都少不得喊他帮忙。不久前他还用铁丝拗了一只活灵活现的仙鹤。爷爷说这是他从保护野生动物的新闻里得到的灵感。

　　但这并不是爷爷人生故事的全部。

　　爷爷的人生中，让我反复思量的，不是这些漫长而精彩的过程，而是曾经错过的一瞬间。很晚之后我才知道，少年时的爷爷有过过不一样人生的机会——那时的他曾被一所新疆的大学录取。他肯定知道这样的机会意味着什么，也只有他知道自己为之付出过什么。

　　我不知道爷爷如果去了大学，他的人生会发生什么翻天覆地的变化，是不是也会像他的那些高中同学一样安家在新疆或北京，在50周年的同学会上有更多新奇的谈资。但我知道的是，爷爷放弃了远在新疆的大学，留在了村里，照顾他身体不好而需要他留在身边守护的妈妈，也就是我的太奶奶。如此他才成了我记忆里那个做电工的爷爷。

　　我没问过爷爷当初是如何做出这个决定的，后来又是如何安于命运的安排的，我只知道他并没有太多的抱怨和不甘心，也从未自暴自弃。做个电工，种种稻米，他就感到幸福和满足。

　　从知道这个故事感到震惊和不理解，到后来慢慢懂得以至于欣赏，我花了好些年，经历了从村里到复旦大学读本科再到纽约读研究生。

　　上中学时，总觉得每件事都是有对有错的，有更好的，当然要追求完美。那个时候对完美和人生的认知都太薄太浅。好像越接近满分越完美，越靠近名校越完美。我只要用心在学习上，分数的进步总是显而易见的，而想要的东西不多，好像也都能获得。那时的我爱和自己较劲，觉得命运没什么可怕，简单地坚信一切都掌握在自己手中。

　　后来慢慢接触了更多的朋友，听了更多的故事，渐渐明白了每个人都有难处，人生中有我们无法改变的安排。大到像出生的地点、原生家庭的亲密关系，小到个子高不高、手指长不长。无论有没有意识到，我们的人生中确实有一些预先给定的条件，它们持续而漫长地影响着我们。我们身处其中，必须慢慢与之周旋，突围也好，讲和也罢，最终能求得内心的平静就够了。

　　预先给定的条件有时其实并不能决定我们的未来，因为它对未来并没有什么限定，给定你的最初就给定了，而后就是我们自己慢慢认识、慢慢接受、慢慢创造的过程。

　　由于各种原因而给定你的东西，就是"你所在的地方"。"你所在的地方"可能并不完美，甚至让你觉得处处掣肘，但你所在的地方就是你的根基。当你与自己的心灵和解，然后站在自己所在的地方，向外部延展，向深处探掘时，你一样能获得幸福并且满足。

甄语录 所谓青春,就要渴于求知,渴于了解,渴于出发,一再出发。

做一根兴冲冲猛生猛蹿的蔓藤

□ 张晓风

17岁那年的某个夏夜,我因参加一项考试而投宿在一家简陋的客栈里。半夜,同学睡了,我还在读书。忽然,我觉得房间里有些异样,但并不可怕,抬头一看,原来有一根瓜藤正在窗格间游走——我的天,它通体晶莹剔透,像一条活生生的青蛇,正昂首吐芯,探索而前。它的柔须纤弱如丝,却又强悍如钢,我看呆了。也不知是不是由于某种错觉,我竟听见它噗噗的脚步声。

瓜藤会生长,我当然是明白的,但一向只是个概念性的知识。这一次不同,我竟眼睁睁看着它一寸一寸地把自己拉长、拉远,并且因而扩张了自己的疆界。原来植物有的时候简直也可以是动物的。许多年过去了,我一直不能忘记那瓜藤在黑夜中探索前行时令人心悸的颤动,对我而言,那幅画面大可题名为"青春"。

是的,青春,渴于探索叩路的青春。渴于求知,渴于了解,渴于爱和被爱,渴于出发,一再出发。

"毕业"?我不知道什么叫"毕业",我知道的是另一种东西,名叫"探索"。嘘,我告诉你一个秘密,我们才不要去管什么毕不毕业的鬼话,我们来关心自己的探索生涯吧!

像一根夏季的瓜藤,在深夜时分喜滋滋地游走探路,每个时辰,它都在成长壮大;每一分钟,它都不同于前一分钟的自己;每一秒钟,它都更旺、更绿。如果你决定做个毕业生,那随你,至于我,仍然决定做那根兴冲冲地往前猛生猛蹿的蔓藤。

甄语录 一个想要把自己栽培成人的人，必然明白教育的终点是自我教育。

孔子操琴

□ 杨无锐

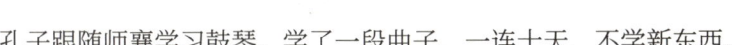

孔子跟随师襄学习鼓琴。学了一段曲子，一连十天，不学新东西。

师襄说："你可以练习新内容了。"

孔子说："不行，我只是熟习了曲调，还不明了曲调的规律。"

过了几天，师襄又催他，孔子说："还是不行，我知道了曲调的规律，但还不能体会曲子的意趣。"

再过几天，孔子依然拒绝学习新东西，理由是："我还未能领会作曲者的为人。"

终于有一天，孔子对师襄说："我似乎见到了作曲者，高高瘦瘦黑黑，眼睛看向远方，有王者的气度，莫非就是文王？"

师襄大惊，向孔子行礼："我听我的老师说，这支曲子，名唤《文王操》。"

我觉得这个故事特别迷人。

这是一个关于自我教育和自我栽培的故事。孔子操琴，不是要成为像师襄那样的演奏专家。他把操琴当成自我栽培的机会。借助琴，他试图领会某种伟大精神。领会一旦发生，作为人，他将更丰盈，更加趋近完满。但领会确实很难发生。所以他不急，比老师更有耐心。一个想要把自己栽培成人的人，有的是时间等候那个领会从内心长起来。

甄语录 学会尊重他人，可谓一生的修养。

施 炙

□ 祁白水

魏晋时期，非常讲究出身，能做官的都是豪门士族，他们瞧不起寒门出身的人，更不用说仆婢。虽然社会风气如此，但也不是没有例外。

西晋名士顾荣，有一次受邀赴宴，觉得做烤肉的那个人很想吃烤肉，就把自己那份给了他。同席的人都嗤笑他，他说："哪有整天烤肉，却不知道烤肉滋味的呢？"孔子云："己所不欲，勿施于人。"其实，反之也一样。陶渊明送儿子去读书，派了一名书童跟着，他叮嘱儿子道："彼亦人子也。"虽然是他伺候你，但他同你一样，也是人生父母养的。

甄语录 只要你有热爱的事情可做，就能做出不一样的成绩来，这些也足以让你的人生变得不同。

在集中营里观鸟

□ 陈翠珍

1942年春天，在德国瓦尔堡的一个战俘集中营里，英国战俘约翰·巴克斯顿忍受着饥饿带来的眩晕，翻开自己的上衣，仔细地捕捉着一只只跳蚤。

忽然，一声清脆的鸟鸣传来。约翰抬头一看，一只欧亚红尾鸲从窗外一闪而过。第二次世界大战前，约翰是鸟类爱好者，一直喜欢观鸟。他敏感地意识到，欧亚红尾鸲进入春季迁徙季了。虽然自己每天的生活艰难而危险，失去了空间上的自由，但是有了大把自由的时间可以支配。

这声鸟鸣，唤醒了约翰内心的自由。他决定每天观察营区内欧亚红尾鸲的鸟巢，观察周边目力所及的野鸟，观察这些自由的精灵，记录它们的迁徙繁衍状况。从这天起，约翰开始观察，并对欧亚红尾鸲的春季迁徙做了详细的记录。这样的观鸟生活让压抑的纳粹集中营中有了一丝生气，也唤醒了他生活的意志和渴望。即使后来，约翰被转移到其他的集中营，但他一直坚持着观鸟的爱好。三年里，他积累了大量的观鸟资料。

幸运的是，第二次世界大战结束后，约翰获得了自由。他把自己的记录材料加以整理，写成了《欧亚红尾鸲》一书并出版，一时轰动了整个英国。

约翰用亲身经历告诉我们，无论你是在集中营还是在怎样恶劣的生存环境中，只要你有热爱的事情可做，就能做出一些不一样的成绩来，这些足以让你的人生也变得不同。

甄语录 正因有梦，青春永远值得怀念。

古　园

□ [西班牙] 刘易斯·塞尔努达　译/汪天艾

有些人类命运会与某处或某个风景相连。在那个花园里，你曾坐在泉水边，梦想生命如同不竭的迷醉。天空宽广，催促你行动；花朵、叶片和水流的呼吸鼓动你无悔地享受。

后来，你明白了无论是行动还是享受，都不能像你在泉边梦想的那样完美。而等你明白这个悲伤真理的那天，尽管相隔遥远，身在陌生的土地，你却渴望回到那个花园，再在泉边坐一坐，重梦一次逝去的青春。

甄语录 极大者的壮美与极小者的微妙合而为一，自能成为我们行走世间的睿智与依凭。

大小皆无限

□ 石 兵

在这世上，极大与极小的事都有无限的奥妙与秘密。

极大者，壮志豪情，须弥之巅；极小者，针眼米粒，芥子之微。两者一在高远，一在幽深，高远是一种地理的无限，幽深是一种想象的无穷。极大者令人目不暇接，极小者让人雾里看花，两者殊途却同归，交错而互补。从另一方面来看，极大者是世界，极小者便是自我。极大者需要以脚步来丈量，用雄心来容纳；极小者需要以思想来探寻，用智慧来获取。

我们目力所及多是极大的事物，举目远眺目力有限，远得看不清，如同蒙着雾气遮着轻纱。可偶尔俯首，却又总能发现脚下或手边那些微不足道的事物，在凝视放大之后，竟也存在诸多的私密与神奇。或许，这便是极大者与极小者的区别吧。

大小虽皆无限，却因各自视角的不同而存在缺陷，两者之间必然存在契合点——大处不迷茫，小处不纠结；大处有格局，小处讲精致；大处现胸怀，小处多内省。找到这个契合点，极大者的壮美与极小者的微妙才能合而为一，成为行走世间的睿智与依凭。

甄语录 梦想无论怎么模糊，总能潜伏在我们的心底，使我们的心因为它而充满激情。

夜 客

□ 陈敬容

炉火沉灭在残灰里。

是谁的手指敲落冷梦？

小门上还剩有一声剥啄。

听表声嘀嗒，暂作火车吧，我枕下有长长的旅程，长长的孤独。

请进来，深夜的幽客，你也许是一只猫、一只甲虫，每夜来叩我寂寞的门。

全没了：门上的剥啄，屋上的风。我爱这梦中山水。谁呵，又在我梦里轻敲……

甄语录 星星的高度折射的是生命的伟岸，在这种伟岸面前，一切阴暗都会感到本能的自卑。

没有谁敢嫉妒天上的星星

□游宇明

一位画家朋友近年在创作上颇有建树，其国画频频入选国内外各类大展，作品的售价一路飙升，从两千元一平方尺（0.111平方米）到数万元一平方尺。手头有了钱，他立即给老家的学校捐了图书馆，为妻子的老家赠了敬老院。然而，一个人太红，总有一些人说三道四，比如有人说他的国画技巧拙劣，有人说他的构思俗气……朋友很是苦恼。我问他："你跟别人发生过冲突吗？"他说："没有。"我又问："你获了奖、赚了大钱之后，是不是经常在同仁面前炫耀？"他说："也没有。"我说："那你好好地画，一定要画到那些人架着云梯、坐着宇宙飞船也够不着你的程度，世上有人嫉妒明亮的电灯，但你见过谁去嫉妒天上的星星吗？"

朋友笑了。

我这样劝导，并非胡说八道。20世纪20年代，鲁迅的小说、散文声名大振，也有人嫉妒，说他心理阴暗，说他的学术著作涉嫌抄袭，鲁迅并没有被这些流言击倒，该干吗干吗。到了30年代，他的作品越来越出色，作为中国文坛领袖的地位谁也撼不动，那些流言反而少了，逝世的时候为他送行的人多达十来万，他的棺木上还盖着"民族魂"三个大字。鲁迅的经历也证明了没有谁敢嫉妒天上的星星这个道理。

自然，一个人想成为"星星"，绝非起个念头便可，你至少得翻越三座山头。第一座山头是人品。做事之前先做好人，操守被人认可，拉后腿的人才会大幅减少，鼓励帮助你的人才会多起来，你才有机会一步步行高致远。品质不好，别人必然围剿你，你就很难从人群里脱颖而出，就算侥幸跑到某个高处，也可能摔下来。

我们需要翻越的第二座山头是实实在在的能耐。干大事业的人都具备某种常人没有的素质，比如超强的记忆力，比如发散性很强的思维，比如充沛的想象力。曾国藩是被人们视作因为勤奋、坚持而成功的典范，但我们是否注意过，除了上述这些，曾国藩还特别能识人心，办事时原则与灵通兼而有之，这就是他的本事。没有这种本事，曾国藩很可能一辈子是京城的七品芝麻官，甚至是双峰荷叶乡下的一个老农民。而要获得出类拔萃的能耐，我们就要沉下去，敢于去做一般人不愿做、不敢做的事。

最后，我们还得翻越心理素质这座山头。首先是站位要高，既要看到眼下的花花草草，也要看到未来的阴沟陷阱；既要看到一时的风雨泥泞，也要看到突围之后的蓝天白云。站位高了，我们的人生规划就会比别人做得更到位，走向远方就有足够的"后勤"支持。人也得有点意志和耐心。生活不是你养的宠物，想要它如何便如何；相反，许多时候，它就是你面对的这片大地，你来不来，它都是这副模样。遇了挫折、遭了危难，就当被蚊子叮了一口，重新出发就是，千万不要悲观丧气。生活中的一些人，缺的不是品德，不是能力，而是坚定不移的心劲。在心理素质这座山头前，他们没尽力冲锋，就先举起了白旗。

星星的高度折射的是生命的伟岸，在这种伟岸面前，包括嫉妒在内的一切阴暗都会感到本能的自卑。

甄语录 一事专注便能动人，一生坚守便至深邃。

无聊的工作

□陈　璇

瞪大眼睛看油漆干透，应该算是世界上最无聊的工作了吧。美国一位名叫托马斯的博士全身心地投入观察油漆变干的研究里。

在托马斯看来，在工业建筑时代，他所从事的是一份非常重要的工作。"我们只有花很长的时间来观察油漆干透的过程，才知道如何制造出更耐用的漆料。"他说。

仅用肉眼傻傻地盯着看是远远不够的，托马斯还要借助显微镜来观测油漆里的颜料颗粒。他最重要的工作就是了解漆膜形成的过程，然后结合聚合体技术提高漆料的耐用性，"就像为油漆们提供一层无形的保护膜"。

托马斯所能想到的最浪漫的事，就是看着油漆慢慢变干。透过墙上五颜六色的油漆，托马斯仿佛看到一个爆发的小宇宙，"一升油漆里就有成百上千万个小粒子，比银河系的星星还多"。

尽管总是被人嘲笑"真是太无聊了"，托马斯对这份工作始终充满热忱。有时，他甚至会同情那些嘲笑自己的人，"他们的工作未必像我的这样充满色彩和挑战——那真的是太无聊了"。

> **甄语录** 时间和心血不会白白浪费。你用了什么样的心，就会开出什么样的花，得到什么样的果。

美好是因为我们

□ 黎武静

生活有没有兴味，全在于你有没有给它足够的重视。

同样一碗方便面，有人喜欢煎了荷包蛋，再加以青菜，简单的泡面也吃出百般花样。旧同窗某人喜欢把火腿肠细细切了，放在面碗里。那种认真细致的劲头，连旁观的人看了，都陡然而生一种生活的兴味。

泡面本就称得上是"应付"的一种吃法，忙中填饱肚皮草草应对。加上吃得潦草，很容易吃得凄凉，连自己对着一碗泡面，都能心生感慨：真是寥落。

郑而重之地对待，是一种生活态度，可以让本来局促的场面，变得隆重而珍贵。比如那碗旧同窗的泡面，让人多年后依然念念不忘。一碗泡面尚能如此，何况其他？

就像自家的宅院，没有雕梁画栋，没有别墅园林，也能布置得一室温馨。挂几幅喜欢的画作，买满架心爱的图书，喝一杯钟意的红茶，饮些许微醺的美酒。自家宅院自家乐，有许多赏心悦目、动人心魄的细节。

喜欢这个地方，不管它有多少平方米。就在这儿占地为王，每一步空间都有自由的遐想。亲自拟订它的布局，亲手布置它的结构，擦亮每一个角落，关心每一个细节，处心积虑想要每一处都与众不同。

美好之所以成就是因为我们对待它的态度。窗台上的盆栽无人怜惜，盈盈新绿也躲不过枯萎。殷殷相待，梦想也能开花，照亮精彩的未来。

你的时间和心血不会白白浪费，它们一直都在，能量守恒，你用了什么样的心，就会开出什么样的花，就会得到什么样的果。

这春秋循环不已，生生不息，就是人生的兴味。

> **甄语录** 看得透世情，才不至于迷失。

猫的生活哲学

□ 盛可以

猫喜清静，爱干净，与世无争。许多年以前，它便修成了这样的品质，理智冷静，不随波逐流，大部分时间用来反省深思。它柔韧有度，不贪婪，不饕餮。它懂得生活的哲学、生命的意义。它看得透世情，从不迷失。所以，这世上只有疯狗，没有疯猫。

转变思维方式,成为厉害的学习高手

甄语录 在生活中陷入困境时，朝着积极的方向进行细微调整，或许会给你希望。

把小麦和谷壳分开

□ [挪威] 埃里克·贝特朗·拉森

20多年前，我回了一趟老家。

第二天凌晨四点钟，我就起了床，开车去上班。头一天下了一场雪，路很滑，所以我开得特别慢。开到一个路口，我刚准备转弯，前面一辆高速行驶的大巴突然打滑了。

它占了两条车道，横着朝我冲过来，我无法变道，也不敢踩刹车。

一阵刺耳的金属碰撞声过后，一股巨大的力量向我袭来。我的脑袋撞在了仪表盘上，还好我的手起到了缓冲作用。我的整个身体都被抛向前方，但安全带把我扯了回来。当我抬起头，看见大巴又一次朝我冲来……

我伤得不重，只是轻微的脑震荡，医生发现了几根碎裂的肋骨，还有膝盖的几处擦伤。第二天，我就出院了。除了脑袋和脖子很疼，我总体感觉还不错。

接下来的日子里，我一直期待头部和颈部的疼痛能有所缓解，但我错了。这次事故发生后的一年是我一生中最难熬的时光，疼痛没有消失，而且是一天24小时地缠着我。

车祸几个月后，身体上的疼痛开始影响我的精神状态，我失去了能量，所有的精力都用来应对疼痛。我无法学习、睡觉或者和朋友相处，终日在大街上漫无目的地游荡。因为只有当我动起来的时候，疼痛才会稍微缓解一点儿。我开始自怨自艾，想着自己是不是永远好不起来了。

有一天，父亲打电话来，问我最近过得怎么样。我把真相告诉了他："生活很艰难，我很痛苦，也很沮丧。"他说他很理解，这种情况确实很有挑战性。我们随便聊了一会儿，然后父亲突然冒出了一句让我意想不到的话："埃里克，现在你处于把小麦和谷壳分开的时期。在这个阶段，你应该展现自己的本色！"

我敢肯定，父亲说出这些话并不容易。奇怪的是当天晚上，我偶然和一位牧师聊了聊。这位牧师已经认识我很多年了，他问我最近过得怎么样，我像没事一样回答："挺好的。"

"别装了，"他说，"你到底怎么样了？"

我知道他想得到一个真实的答案，便把当天早些时候和父亲说的话告诉了他："生活很艰难，我很痛苦，也很沮丧。"然而，我再次得到了一个惊人的回答:"这不是很有意思吗?"

"有意思?"我惊讶极了。

"是啊!人类竟然有这么多种情绪,一个人竟然能够感觉到两个极端!一边是幸福、爱、喜悦、成就感和安全感,另一边是郁闷、悲伤、沮丧、恐惧和失落。"

我陷入了沉思,因为我从来没有从这个角度想过问题。

这两次对话成了我人生的转折点,渐渐地,我开始试着从不同的角度去思考问题。

面对逆境,当你找不到快速解决的方法时,若能做出微小的改变,往往很管用。这有点儿像看股票走势图,股票持续下跌很长一段时间后,会先平稳一段,然后跌到低谷。股票触底反弹的态势不会很明显,它通常是慢慢上扬,每天都有小幅震荡,但整体趋势是向上的。

在生活中陷入困境时,朝着积极的方向进行细微调整,或许会给你希望。

父亲说这"就像是把小麦和谷壳分开的阶段",这个比喻对我影响很深。

甄语录 万事全赖于我。只要不迷失,自会有力量。

宁作我

□黄永玉

中国曾有一位非常聪明的画家住在巴黎,名叫常玉。20世纪50年代初期,中国文化代表团来到巴黎,既访问了毕加索,也访问了常玉。常玉很老了,一个人住在一栋很高的楼房的顶楼,一年卖三两张小画,勉强维持着生活。他不认为这叫作苦和艰难,当然也并非快乐,他只需要这种多年形成的无牵无挂运行的时光。他自由自在,仅此而已。

代表团中的一位画家对他说,欢迎他回去,仍然做他当年做的杭州美专的教授。"……我……我早上起不来,我起床很晚,我……做不了早操……""早操?不一定都要做早操嘛!你可以不做早操,年纪大,没人会强迫你的……""嘻!我在收音机里听到,大家都要做的……"和他辩论是没有用的。各人有各人心中的病根子,虽然旁边的人看起来是一件区区小事。

20世纪60年代常玉死在巴黎自己的阁楼上。《世说新语》里的一个故事中有句话说得好:"我与我周旋久,宁作我。"这就是常玉。

甄语录 时间可能会遗忘某些人，但天才的光芒总是很难被掩盖。

伟大的麦克斯韦为什么不著名

□ 董洁林

20世纪初，苏格兰阿伯丁市音乐厅要为当年的捐款者发一笔红利，他们一直找不到一位叫"詹姆斯·麦克斯韦"的捐款人，只好登寻人启事。

此时，麦克斯韦已去世20多年，他创立的电磁学已成为很多大学的课程，无线电报已经问世，欧美各地也正在相继建设电力体系。麦克斯韦曾于19世纪50年代在阿伯丁大学做教授，该校的一位巡视员看见寻人启事，就赶去了音乐厅及其委托的律师事务所，向他们介绍了麦克斯韦其人其事。这些文科生听完了故事一愣，才知道他们寻找的这位"亡魂"，竟然是改变了世界的一个伟大存在。

可以说，现代世界到处弥漫的电磁波，都是19世纪这位苏格兰科学家麦克斯韦的大脑中诞生的孩子。基于前人发现的电磁现象和经验规律碎片，他构建出电磁学的宏伟理论大厦，顺便奠基了统计力学。可以确定，麦克斯韦是近代最伟大的三位理论科学家之一，另外两位是牛顿和爱因斯坦。

然而，麦克斯韦的公众知名度远不如牛顿和爱因斯坦。为什么呢？麦克斯韦从剑桥大学毕业，比他的中学同学晚两年，毕业后在大学寻求教职也不顺利。令人伤心的是，他48岁就因胃癌去世了。"大器晚成"加"英年早逝"对一般人来说注定一事无成，但他在有限的生命中成果辉煌。无疑，学术生涯太短是麦克斯韦学说未能更快发展和传播的大问题。

他的代表作《电磁通论》于1873年首次出版。1879年，正在准备《电磁通论》第二版的麦克斯韦，在修改完前九章后，心脏就永远停止了跳动。今天，即使是训练有素的科学工作者有机会翻看麦克斯韦的《电磁通论》，也会被它复杂的数学公式吓到。早期，麦克斯韦对法拉第的电磁力线做的数学模型，还可以得到像法拉第这样的伟大实验科学家的欣赏，而他后来的电动力学数学大厦，已经把人类远远抛在身后了。

麦克斯韦在学术上是孤独的，他庞大而精妙的电磁理论体系曲高和寡。麦克斯韦的第一个有力的电磁学知己，是远在德国的赫姆霍兹。麦克斯韦去世后，赫姆霍兹让自己的学生赫兹去验证麦克斯韦理论中有关电磁波的预测（包括光和电磁波同类）。当赫兹于1887年在实验中发现了电磁波并确认了光即电磁波的时候，人们才开始关注麦克斯韦的电磁理论。此时，麦克斯韦已经去世近10年了。

麦克斯韦是一位温和谦卑的英国绅士，公德和私德都找不到瑕疵，缺少公众喜闻乐见的八卦故事，这也是他与牛顿、爱因斯坦的差别之一。他的科普活动主要是演示光颜色混合的机理，这个简单而有趣的实验，正是现在所有彩色屏幕的起点。他知道自己的电磁理论抽象而庞大，没有费力去推销。偶尔，他的学生们在课堂上听见老师受自己思路牵引而喃喃自语时，都会面面相觑、不知所云。当他意识到自己"走神"时，会腼腆地把自己拉回现实。从1871年开始，他成为剑桥大学的实验教授，负责筹建卡文迪许实验室。如果麦克斯韦在接下来的几年，利用卡文迪许实验室领导的身份，组织大家来完善和验证自己的理论，电磁学的发展和普及可能会提前很多年，相对论也很可能提早问世，科学史就可能完全改写了。但他没有，他虚怀若谷地看着每个人选择研究方向，追求自己的兴趣。

赫兹发现电磁波后，才华横溢的发明家们前赴后继、蜂拥而至。出生于克罗地亚的特斯拉，演示了如何用电磁波点亮灯；美国的爱迪生发明了电力系统；意大利的马可尼发明了无线电报……人们或许不知道麦克斯韦，但空中飞舞的电磁波，满满的都是向天才致敬的呢喃。

甄语录 一个人一旦确定了自我存在的理由，往往会更自信、更深情、更温柔。

存在的理由

□林清玄

每到一个地方，我总会捡一些当地的石头回来作为纪念，有些朋友无法理解，会问我："石头究竟有什么价值呢？""石头并没有真正的价值，它是一个地方最好的纪念，是钱也不能买到的。"我说。

在我们的世界，所有的事物都有存在的理由，一块石头、一朵野花、一株小草都在诉说自己的价值，只是有缘的人才能看见罢了。

一块黑色的石头可能比一张鲜红的缎子更明亮。

一件母亲缝制的粗布衣裳，却比闪闪发亮的新衣更温暖。

一棵林间的小树，有时比娇贵的兰花更令人动容。

甚至连每个人都有存在的理由吧！有些为爱存在，有些为学习存在，有些为生命的美好而存在。

只有一个人确定了自我存在的理由，才可能成为更自信、更深情、更温柔的人。

甄语录 人生往往不受环境的支配，只受自己习惯思想的恐吓。

人生只受自己习惯思想的恐吓

□米 哈

奥尔德斯·赫胥黎出生于英格兰著名的"赫胥黎家族"。其家族成员声名显赫，遍布科学、医学、文艺等领域。在如此卓越的家庭中长大，奥尔德斯·赫胥黎同样表现出众。然而，1911年，发生了一件影响他一生的事：他患上了令他几乎失明的角膜炎。

这场严重的眼部感染，给赫胥黎的角膜造成永久性的伤害——他"短暂"失明了3年。乐观地看，这件事让他免于走上第一次世界大战的前线；而从个人角度看，这完全毁掉了他成为医生的梦想。后来，赫胥黎的视力逐渐恢复，进入牛津大学主修英国文学，并在1916年以一级荣誉毕业。

然而，视力问题从没离开过赫胥黎的生活，并一直影响着这位作家的事业。1939年，赫胥黎在一位老师的引导下，接触到了声称可以改善视力的"贝茨方法"。他一试之下，宣称这让他25年来第一次可以不依靠眼镜且不觉疲累地阅读。从此，赫胥黎成了"贝茨方法"重要的"背书人"。

贝茨，即威廉·贝茨，是美国医学界的一位怪医。他本是纽约市眼耳鼻喉科的专家，在1920年自费出版了一本书，名为《不用眼镜治疗视力缺陷》。据说，在书的首页，有一位到了67岁还不用戴眼镜的牧师，以个人经历支持贝茨的"眼球调节理论"。

贝茨认为，一个人可以控制对不同距离对象的注视而调节眼球，而眼球调节焦点与眼球的总长度有关。他的说法不被当代解剖学认同，但出身生物学世家的赫胥黎，深信不疑。1942年，这位大名鼎鼎的作家写了一本畅销书，不是小说，而是一本现身说法的医疗工具书，书名为《目视的艺术》。赫胥黎结合贝茨医生的说法，加入自己的构想，提出了匪夷所思的视力改善方法，包括玩杂耍、掷骰子，以及玩多米诺骨牌。

在《目视的艺术》里，最有趣（也为最多人耻笑）的改善视力的方法，莫过于"鼻写法"。赫胥黎说，让我们合上眼睛，想象自己的鼻子伸长到8英寸（约20厘米），然后幻想鼻子成了一支铅笔，凭空签自己的名字。赫胥黎写道，"用鼻子写一会儿字，然后做几分钟手掌抚摩"能够有效改善视力。

让我们放下现代医学理性，也放下让我们觉得此说无稽的常识，赫胥黎所相信的《目视的艺术》的确支撑着他继续生活。

"人生不受环境的支配，只受自己习惯思想的恐吓。"赫胥黎写道，"我要做的是叫我的愿望符合事实，而不是试图让事实与我的愿望调和。"与其说赫胥黎的视力改善法是医学，倒不如说这是让他对抗失明恐惧，符合他渴望的一种信仰。

甄语录 你要抓到方法，那个关键点，你才有机会，才有效率。否则，不管你做了多少事，那都是短暂的福气。

30秒说出关键点

□ [美] 米罗·弗兰克　译/黄　蔚

亨弗莱·鲍嘉被誉为"百年来最伟大的男演员第一名"，在其去世之前的几年，始终拒绝上电视。而我作为哥伦比亚广播公司电视部门选角主管，非常希望说服他。我知道肯定会有好方法。

鲍嘉因为在话剧《化石森林》中扮演曼迪公爵而声名鹊起，之后，该剧的电影版上映又奠定了其电影事业的根基。我向广播公司的高层提议，如果公司制作《化石森林》的电视特别版，就有可能请到鲍嘉出山。他们同意了，但前提是必须请到鲍嘉。

我决定给鲍嘉打一通电话，30秒之内，我必须说服他，否则很可能功亏一篑。我左思右想，准备好自己的30秒。

拨通鲍嘉的电话，我在介绍了自己的身份之后说道："鲍嘉先生，在您的整个职业生涯中，哪部作品最令您有成就感呢？是《化石森林》吗？"

我成功吸引了他的注意力，他答道："当然是。"

我能够感到他的声音中所蕴含的热情。"我们公司计划制作这部话剧的电视特别版，"我说，"这将是一个大项目，我们会确保其拥有应得的重视与品质。没有您的演出，它就无法与旧版比肩。"

我暂停了一会儿，几乎能够听到鲍嘉在想："他们想要让我出马，不过即使没有我，他们还是会制作这部剧。"

我本来就知道，或者本来就希望他这样想，他无法忍受由其他人来扮演这个令自己一举成名的角色。我不敢跟他说，如果他拒绝，这部剧就无法制作了，这样一来他就会迅速"逃脱"。

"我们迫切地希望由您扮演曼迪公爵，"我继续慢慢说道，"您愿意拨冗参演吗？"

当时，我的的确确是屏住了呼吸。

"米罗，"他说道，"你知道我不上电视，至少目前是。"

"鲍嘉先生，"我说，"只有您出演这个角色，这出戏才能达到其应有的艺术水平。我们会为它感到骄傲，您也会为它感到自豪的。"

电话那头的声音消失了很久，之后，鲍嘉说道："你的确了解我的弱点在哪里，是吧？我会出演的。"

甄语录 力量的秘密在于专注。

如何做到长时间专注

□Will Zhang

也许你会长时间将精神专注于一本武侠小说，却无法专注于一本教科书，这是什么原因呢？

首先，兴趣决定了你的精神能不能集中；其次，你对事情的处理速度趋近于你的接收速度，只有你的思维跟上事情的发展，才能保持精神专注。

对不感兴趣的教科书，你很难集中注意力，即使你强制自己集中了注意力，却因为教科书的知识密度导致你的处理速度跟不上接收速度，你便又很容易地丢失了注意力。

那么，如何做到长时间精神专注？我们来讲一些具体的方法或者建议：

（1）让手参与进来。比如，看书时，同时做笔记。写字能够让你聚焦在你写的那部分，由于写字速度有限，对特别难的内容，你可以理解一点儿写一点儿。跟上书本讲述问题的节奏，就很容易进入保持状态。

（2）用一个你能够快速集中注意力的方法作为开始。比如学习之前先看一会儿自己感兴趣的书，进入保持状态后，再切换任务，做你该做的事情。

（3）在醒来之后不久开始。人刚醒来时，大脑中没有充满杂事，这时候开始一段长时间的专注任务是比较好的时机。

（4）杜绝干扰。比如，断网、断手机。当你一开始还没有专注于某事物的时候，你想去处理其他事情，但要让自己没有可处理的。

（5）适当运动，唤醒你的身体。运动后会加强血液循环，能够让你的身体活跃起来，以此来适应大脑高速运转的需求。

（6）拒绝舒适。床上、沙发上、寝室、家里，都不利于你长时间保持注意力。请去图书馆或自习室。

（7）对自己进行强烈的消极心理暗示。暗示自己今天不做就不行了，暗示自己现在不好好复习，人生从此就暗淡了，一定要足够强烈，把自己逼向死角，好让注意力聚焦在你手上的事情上。而之所以不建议用积极暗示，是因为怕你积极过度，想入非非，反而无法聚焦。

（8）将大问题划分成小问题，分而治之。集中精力25分钟搭配5分钟休息，效果事半功倍。

最后，人不要执念于超出自己能力范围太多的事情，休息休息，到你想继续做了为止。

甄语录 对于一切情况，热爱往往是奇迹的开始。

业余爱好者的胜利

□ 郁喆隽

进入一个阴暗、潮湿、逼仄的洞穴后，返回的通道被不断上涨的水淹没——很多人光想象这样的场景就会幽闭恐惧症发作。

2018年6月的一个周六，一支名叫"野猪"的泰国少年足球队在训练后，进入湄赛（泰国最北端的城镇，位于泰国和缅甸边境的清莱府内）的睡美人洞游玩。它是泰国第四大洞穴，是由一系列洞穴和地下暗河组成的洞穴体系，内部长达10千米，情况异常复杂。这群少年一共13人，年龄从11岁到16岁。然而，就在他们进入该洞后不久，当地突降大雨，洞内水位迅速上升，阻断了他们返回的所有通道。在当时，这是牵动全世界的突发事件。导演金国威和伊丽莎白·柴·瓦沙瑞莉夫妇以此为素材，拍摄了纪录片《洞穴营救》。

泰国军方第一时间派出了海豹突击队的潜水员赶到当地组织营救。但是很快，一名潜水员意外死亡，他们不得不中止营救行动……好在孩子们被困的位置已经被确定，他们也收到了充足的食物和药品。当时，一位英国洞穴潜水爱好者正好在当地。洞穴潜水不同于一般的潜水，它需要特殊的技能和设备，而除了营救被困人员，似乎并没有什么直接的应用场景。因此，只有一些业余爱好者才会将洞穴潜水"玩"到极致。他们中有的是退休消防员，有的是IT工程师……这是一个彼此了解的"小圈子"。听闻这个消息后，他们纷纷从世界各地聚集到了清莱。

当地长达4个月的季风季节即将来临，更大的降雨将要到来，届时，洞穴会被彻底淹没……考虑到时间的紧迫性，这群人决定铤而走险——给被困的孩子注射镇静剂，然后为他们穿上潜水装备，将他们在"睡眠"中拖出几千米长的地下水道。人类历史上从未有过这样的先例。很多人甚至做好了准备，如果营救失败，他们将面临泰国政府的指控……

幸运的是，在被困18天后，所有的孩子都被毫发无损地救出了洞穴。

有人问其中一个参与救援的人："你为什么要从事洞穴潜水呢？"他露出了大男孩般的微笑，回答道："我要回到穴居人的时代。"

甄语录 目标立在那儿，会像响在你耳边的战鼓，不时激励你前进。

你心中有"靶"吗

□刘河豚

"有目标的行动力。"在一则招聘启事上看到这个被放在首位的选人标准时，心里忽然一震。

长久以来，我都觉得自己不是一个做事目的性很强的人。我强调做事情的过程，注重自己在其中得到的感受，我认可"功不唐捐"的理念——所有的事都不会白做。甚至心里还有点儿未宣之于口的清高，自认为和那些为一点儿蝇头小利庸碌奔波的"俗人"不同，感受和经历才是最宝贵的，这说明我有大视野、长眼光。

后来我才知道自己这样有多蠢。

首先，我混淆了两个概念——"目标性"和"目的性"。两个词仅一字之差，在我们的日常语境中却有着耐人寻味的差别。看似都是中性词，但"目的性"多多少少带点不可明示人的贬义色彩。似乎你说一个人目的性强，就是在指他另有所图、功利心重。而我们所说的目标性更多是指一个人有计划，对自己做的事将会得到一个什么样的反馈，有一个比较明确的预期。

我就是因为一开始把这两个概念混淆了，才会生出一些让自己吃实亏的无聊优越感。甚至为了显示自己目的性不强，故意潜意识里模糊自己的目标性。久而久之，我真的成了一个心中无"靶"的人。

举一个亲身经历的实例。研二的时候，我开始尝试实习。当时有两个选择，一个是天津的电视台，一个是北京一家新出头的爆款公众号。我选择了后者。当时我没有任何计划与目标，只抱着走出校园去体验一把的态度。

实习了三个月，得出了当时公众号来钱是挺快的结论。当然了，钱是到老板的手里，不是我的。老板对我还颇为欣赏，实习期过后，希望我能转正继续做下去。可我觉得体验够了，就溜了。

同一时期我的一些同学也在北京实习，在互联网大厂，每天朋友圈动态鸡飞狗跳看似叫苦不迭，心里却如明镜一样，明白将来这都是找工作的有力筹码。再反观自身，我既没有赚到钱，能力的提升也很有限，也没有得到通往更好平台的门票。

三个月并不轻松的"北漂"让我得到了什么呢？没错，我得到了一段经历、一些感受。但我后来常问自己，我有没有可能得到

更多?

是因为我一开始选错了实习单位所以才所获寥寥?也不是。当时公司的同事们也都比我明白,积累实打实的资源、结识可以并肩做事的人才……后来去更大的公司或者自己创业开公司……

为什么摘得硕果的总是别人而不是我呢?很久之后我才想通,是我一开始就把目标定得太低了,几乎可以视作没有。如果我把每件事的目标都设定为得到一段经历和感受,那我就像是一个被困在原地的人,只能咀嚼一些或许经不起反复咀嚼的感受和经历。眼睁睁看着其他人去更辽阔的地方,见识到更多的风景,收获可能并不会少的经历和感悟。

对啊!目标性强很重要,没有靶,怎么能射好箭呢?事实证明,没有靶,一开始可能就会把箭射偏,甚至射到地上。有目标说明你要求更多,你的箭大概率不会冲着地面去。只得到感受和经历,是最低级别的保障,古语说得好,求其上,得其中,求其下则很可能无所得。

我是这两年才感受到目标的魔力。目标立在那儿,就像是响在你耳边的战鼓,不时激励着你前进。大言不惭地说,我一直想当作家,可我目前既没天分,也不勤奋,更别提有什么拿得出手的作品了,还善于自我欺骗,以为看下饭的电影是在努力,看精彩刺激的消遣小说是在努力,刷微博追热点是在努力,在键盘上宣泄情感随意敲下不连贯的文字也是在努力,这些有用吗?也许吧,但明显效率不高。明明有更快前进的方式,为什么要一直低头转圈徘徊呢?

如今我会有意识地让自己的目标性强一点儿,比如,开始尝试为某一个写作比赛而写专门的小说,希望拿到名次和奖金。会断断续续地根据专栏的主题写一些文稿,期待稿件总有一天被采用。我不再拿"没关系,就算没得到什么,也是段宝贵经历"来提前安慰自己,那是最后的事,现在,还远没到最后。我现在最需要的不是释然而是动力。

我依然希望在人际交往时真诚相待,不让别人觉得我在"目的性"很强地接近他人。但同时我希望听到这样的评价,"她真是个做事目标性很强的人啊"。

甄语录 历史把那些为了广大的目标而工作,因而使自己变得高尚的人看作伟大的人。

那一年,他们一起考进士

□张 勇

说曾巩是神童一点儿也不为过,史称他"十二岁能文,语已惊人"。其弟曾肇在《亡兄行状》中称其"生而警敏,不类童子",而且记忆力超群,"读书数万言,脱口辄诵"。18岁时,赴京赶考,与随父在京的王安石相识,并与之结成挚友。20岁入太学,上书欧阳修并献《时务策》。欧阳修见其文笔独特,非常赏识。欧阳修说:"过吾门者百千人,独于得生为喜。"

有这样的才华,在高考的道路上应该一帆风顺,早上金榜吧?非也,这位曾大人直到39岁才考中进士,老复读生了。这真算得上大器晚成了,要知道,唐宋八大家里面,苏洵不是进士,但培养了两个进士儿子,韩愈、柳宗元、欧阳修、王安石、苏轼全是20来岁中进士,苏辙中进士时才18岁。

那么,曾巩为什么屡试不第,奔四了才中进士呢?史书说因其擅长策论,轻于应举时文,故屡试不第。庆历七年(1047),其父去世,他身为长子,只好辍学回归故里,尽心侍奉继母。说白了就是答题路数不对,没中。后来,家里又出了事儿,耽误了学业。

曾巩不到10岁时,生母去世。不到20岁,父亲遭人攻击,没了官位,赋闲在家直到去世。曾巩的大哥曾晔,科举不中,也不得志;此外还有四个弟弟、九个妹妹,都还年少。家道中落,养家糊口的重担,都落到曾巩肩头,这帮弟弟妹妹的求学、嫁人,全靠他一个人。曾巩长年累月要为一家人的生计操心,就算是学霸,能有那么多的精力学习吗?白天挣钱养家,晚上挑灯夜读,估计没少干。终身大事也一直耽搁着,成了大龄"剩男",到了而立之年才得以成婚。

不过,曾巩没有中断与"精神+学业"导师、文化界领军人物欧阳修的书信沟通,交流感情,接受指导。然而并没有什么直接用处,曾巩30多岁时跟着大哥一起再考,还是没中。

快到不惑之年时,曾巩才中进士。这在中国科举史上是最具传奇意义的一年,即嘉祐二年(1057),这一回的进士录取堪称中国科举史上知名文化人最多的一届:名家苏轼、苏辙,理学代表人士程颢、程颐、张载……那一年科举,曾巩不是一个人在战斗,他与他们家的一帮人并肩作战,结果是"一门六进

士"：弟弟曾牟、曾布、堂弟曾阜、妹夫王无咎、王彦深，都与他同届进士。

要是范围再扩大点，这科的主考官是欧阳修，还有苏氏兄弟的老爸苏洵也跟着来了，一次考试就汇集了唐宋八大家中的五位，除了王安石，大宋朝最会写文章的都到了。

这场考试还有个小意外，就发生在后来的大文豪苏轼身上。苏先生进入考场，考卷下来了，一看题目，是《刑赏忠厚之至论》，就是"赏罚要厚道"。这是出自《尚书·大禹谟》里孔安国的注文："刑疑付轻，赏疑从众，忠厚之至。"刑罚上有疑问，就从轻处理；奖赏上有疑问，就根据大多数人的意见来决定，这是最忠厚的做法。

苏轼读书，也是为了应试，他后来说过："读书作文，专为应举而已。"对应试经典，他已经相当精熟，知道这是儒家的观点，对刑罚和赏赐，前者从轻，后者优厚，以显我大宋仁厚治天下之风。苏轼知道，主考官欧阳修老师最痛恨华丽花哨的文风，他主张写文章要浅显明白，用平实的文字表达深远的思想，所以，今天的作文绝对不能写得华丽。

结果，欧阳老师一看考卷，觉得自己在文化上后继有人，欢天喜地说了句："这后生有出息。"不仅让主考官欢喜，还让主考官觉得是他的衣钵继承人，苏轼这一着险棋，算是赌对了。

这时，副改卷官梅尧臣在旁边加了一句："这考生的文字好像孟子。"须知，孟子是欧阳修的偶像，更得加分了。不过，欧阳考官又是个清廉怕嫌疑的人，担心这个考生是他的学生曾巩，犹豫了一下，就给了二等，排在了后面。后来他才知道，这份卷子不是曾巩的，而是苏轼的。这欧阳先生举贤避亲，结果误伤了东坡先生啊。

这一科的举子共有9人官至宰相，像大名鼎鼎的吕惠卿、章惇、林希。尤其是吕惠卿，王安石变法的第二号人物，协助王安石推行了很多政策，是一位极其出色的实干家，王安石盛赞他说："惠卿之贤岂特今人，虽前世儒者未易比也。"

这些名人在这科的名次都不是很高，前三名是状元章衡，榜眼窦卞，探花罗恺。在浩如烟海的历史中，这些人的排名虽高，却都寂寂无名。

甄语录 在描绘理想自我时，我们应该把它刻画成一个可以实现和企及的目标。只有这样，我们才能够建立起自信，并为之付出相应的努力。

承认局限，或许是实现梦想的第一步

口文小宁

这个夏季对毕业生小A来说格外难熬。为了考研，他认真备战了一年，却因为发挥失常，无缘理想的院校。当小A放弃读研念头，想去找一份工作时，却又因为大学期间没有积累实习经验而屡遭拒绝。一转眼已临近毕业，小A却不知道该何去何从。

而当他点开朋友圈，发现那些曾经成绩不如自己的人纷纷晒出研究生录取通知书和工作offer（录用通知）的时候，小A终于爆发了。他觉得很委屈，为什么周围的人可以轻松地迈向下一步，而自己努力了那么久却得不到好的结果？他也为未来焦虑，害怕自己一毕业就失学失业。于是他开始自暴自弃，只想沉溺于网络游戏构建的虚拟世界中……

每年毕业季，都会有一群与小A有着类似经历的大学毕业生为未来焦虑着，接踵而至的很可能是一系列情绪和心理问题。这其实反映的是当代大学生理想自我和现实自我的差距。

我们每个人都有关于自身的一些看法，心理学上称之为自我概念。它有两种形式：理想自我与现实自我。理想自我指的是人们希望自己拥有的特点和状态，现实自我则是人们实际生活中的特点和状态。大量心理学研究发现：理想自我与现实自我的失衡是造成大学生心理健康问题的重要原因。当理想自我与现实自我的差距过大时，人会感到自己在理想面前的渺小和无能，严重时还会产生焦虑、易怒、抑郁等情绪，甚至演变成心理疾病。

小A们之所以会在遭遇升学、求职失败时产生如此严重的情绪心理问题，也正是因为在他们构建的理想自我中，自己就应该是能够轻松地考上好学校、找到好工作的，因此当现实给了他们重重一锤，让他们从理想自我的巅峰跌落到现实自我的谷底时，巨大的落差感使他们手足无措。于是，有些人会逃避现实，去网络世界寻求价值感。但也有一些人借此契机对自己有了更清晰的认识，找到了自己真正适合和擅长的方向。

那么，如何借助这次契机成长？首先要承认自己的局限性。

承认自己的局限性，并不是一味地否定

自己，而是要对自己有客观的认识。你需要认识到自己也只是一个能力有限的普通人，不可能轻松地实现梦想。

心理学研究发现：那些不愿承认自己的局限性但又无法实现目标的人，往往会出现"自我妨碍行为"，以此保护自己的自尊不受伤害。自我妨碍行为指的是：一个人为了回避糟糕的表现带来的消极影响，而干一些更糟糕的事，从而将失败的原因外化。举个例子，当一个人不愿承认自己的数学能力不佳时，很可能在考试前一晚通宵打游戏。这样，即使考出来的成绩很差，他也可以为自己辩解——我不是数学差，只是没好好复习而已。

承认自己的局限性，我们才能停止自我妨碍行为，脚踏实地为了目标而努力。

其次，重新定义理想自我。

很多人在树立目标和理想自我的时候，都不是以自身作为参考系，而是直接照搬一些网络媒体或他人的励志故事。但我们要意识到的一点是：励志故事之所以励志，是因为真正能实现目标的人少之又少。当你给自己设立一个遥不可及的理想自我时，会发现再怎么努力，也很难实现。

心理学上有个词叫"自我效能感"，它指的是人们对自己实现特定领域目标所需能力的信心或信念。当一个人在某一领域的自我效能感变低时，他可能会慢慢倾向于逃避。如果付出了巨大努力，却一直实现不了理想自我的目标，这种挫败感会让我们的"自我效能感"跌入谷底。我们就会对实现这一目标失去信心，甚至抵触和回避它。因此，我们在描绘理想自我时，也应该把它刻画成一个可以实现和企及的目标。只有这样，我们才能建立起自信并为之付出相应的努力。

最后，我们需要意识到：眼下这个看似漫长而艰辛的毕业季，其实只是我们漫长人生中的一小段旅程。而你迥异于他人的每段经历，都将塑造你独一无二的人生。

甄语录 不要奢求最短的路。风向正好的路，才是现实中最好的路。

现实告诉你捷径

□ [德] 尼 采 译/曹逸冰

在数学中，最短的距离是起点与终点之间的直线。然而，现实中的捷径并非如此。

船夫曾告诉我："风向正好的风会鼓起船帆，这时的航路便是最短的。"

这才是现实生活中所适用的最短距离理论，事情不会完全按照你的计划进行。现实生活中的某些东西，会把远路变为捷径。事前你不会明白这个道理，只有涉足现实之后才能悟到。

甄语录 "傻问题"里也有生活的真情和真意。

琢磨"傻问题"

□李 荣

在量子理论中,著名的丹麦大物理学家尼尔斯·玻尔,是绕不过去的巨擘。以前读过有关他的传记,印象中,如此大名鼎鼎的科学巨匠,却老是喜欢"半开玩笑"地琢磨一些常人看来的"傻问题"。

有一次,玻尔与同事一起去看一部枪战电影,突发奇想,提出了一个"傻问题":坏蛋有意识地掏枪,英雄凭本能回击,英雄往往得胜,这可以用来说明,条件反射快于意志反射。但他的学派同道、物理学家伽莫夫不以为然。他们便顺道去买了两把玩具枪,各备在手边。半天过去了,伽莫夫以为这样的小小"傻事",玻尔早该忘了,一心想出出他的丑。想不到,当伽莫夫突然拔"枪"出现在玻尔面前,玻尔已抢先把"枪"指向了他。伽莫夫只能"认输"。

还有一次,玻尔与他的晚辈大师海森堡走在空无一人的街上。海森堡一时兴起,随意朝远处的电杆扔去一块石子,竟然一扔即中。玻尔便又琢磨起了一个"傻问题":存心要扔中,难;无心一扔,却中了。可见,"也许会成功"的想法,比一定要成功的实践和意愿更有力。过了些时候,海森堡看一场木球比赛,一支队水平较低,比分落后。在最后一轮中,一名队员干脆背对球门,随手向后一扔,中了。海森堡马上想起了玻尔之前琢磨的那个"傻问题",会心一笑。

以玻尔为核心的哥本哈根学派是科学史上少有的成员间兴会淋漓、情趣盎然又成就不凡的研究团体和环境。敢于、乐于提出"傻问题"、琢磨切磋"傻问题"的氛围和热情,可能也是其中一个重要因素。大家一派天真与本色,没有戒心与提防,不在乎想法的"不切实际与不着边际",彼此信任、有诚心,不避"傻劲",贴着对方来思考,其乐无穷。这样的喜乐与"无拘束",不按着标准的模样比拼"有用的聪明",在生活中才能带来真实和暖意。

这又让我想起了小说《麦田里的守望者》,其中有"霍尔顿夜深与出租车司机谈论冰封湖泊中野鸭去向"的一处细节,可以说也是在琢磨一个"傻问题"。霍尔顿想到,中央公园湖泊里的那些野鸭,过冬都去哪儿了?那个出租车司机看上去不耐烦、上火,却一路上随着他一起想、一起说。从野鸭说到冰封湖水下的鱼,说到鱼在冻结的湖里怎么生活、怎么找食。临下车,那个司机还是念念不忘"傻问题",追着说了一句:"如果你是一条鱼,大自然母亲当然会照顾你,对不对?你不会以为那些鱼到冬天就死掉了吧？"

仔细想想，"傻问题"里有生活的真情和真意。《麦田里的守望者》里的霍尔顿，看上去一脸冷漠，浑身"叛逆"，但这个"傻傻"的"野鸭之问"，不经意间便使他流露出了童心与善良。司机虽骂骂咧咧，但也善良而有情趣，还"借着鱼"说出了温暖的话。而且，"傻问题"里也能琢磨出实在的道理。玻尔说的"也许会成功"的想法更有力，那是把本属于"概率"的事儿回归到"概率的空间"，相比之下，"肯定会成功""一定要成功"之类斩钉截铁式的说辞，反倒显得弱了。

甄语录 我们的大部分美德都来自克服自身缺点的奋斗。

最优秀的人因缺点而造就

□卞毓方

天才，并不是生来就自知的。

板球是博尔特儿时的最爱，他的梦想就是成为一名出色的投球手。小学二年级，学校的一位牧师，纽金特，也是体育达人，看出博尔特的短跑天赋，动员他参加校内一百米比赛。博尔特拒绝，因为校内有个叫里卡多的孩子，跑得比他更快，他不想丢人现眼。纽金特先生笑了，说："博尔特，你要是能击败里卡多，我就奖励你一盒美味的午餐。"博尔特于是踏上跑道。当然，他赢了。率先撞线的感觉太酷了！从此，博尔特再也离不开跑道。

命运也和草木一样，有它发芽生长的季节。博尔特是正当其时遇上了伯乐。然而，再好的教练，也会有误区。教练认定博尔特一米九六的身高，适宜跑二百米，也可向四百米发展，唯独不能跑一百米。你想，起跑线上，砰，发令枪一响，矮小的选手反应灵敏，瞬间箭一般射出，高大的选手动作迟钝，往往还没有从下蹲的姿态完全站立起来。教练是知其一，不知其二。博尔特起跑虽慢，但他步幅大，别人跑百米要四十三步，甚至四十五步，他只要四十一步。而且，他途中步频极快，让对手瞠乎其后，望尘莫及。所以，不是教练的选择，是他自己主动请缨："拜托，教练，我觉得我能跑一百米，您让我试一次吧。如果跑砸，我再去练四百米！"结果，他第一场百米比赛就跑出十秒零三，让世人刮目相看，第四场就飙出逼近世界纪录的九秒七六。

博尔特颠覆了田径场的规则，大长腿也能胜任短跑，世人只看见长腿的短，博尔特则证明了长腿的长，仅凭这一项贡献，他就有资格入驻发明家之堂。这让我想起莎士比亚戏剧中的台词："最优秀的人是因他们的缺点造就的。"

甄语录 假舆马者,非利足也,而致千里;假舟楫者,非能水也,而绝江河。君子生非异也,善假于物也。

善于"放大"自己的能力

□ 胡建新

曾看到过这样一句话:"如果你有自己系鞋带的能力,你就可能有上天摘星星的机会。"从系鞋带到摘星星,无疑是两种悬殊的能力,但它们之间并不存在一条不可逾越的鸿沟。脚踏实地者,方能仰望星空。若能心如金石、志存高远、思悟有道、行动有方,勇于并善于"放大"自己的能力,就可以迸发出令人难以想象的巨大能量。

现实中,不少人看不到自己的能力,更不会"放大"自己的能力,常常生活在自怨自艾、自暴自弃的痛苦之中。究其原因,主要在于对自己的能力存在认知上的误区,总以为自己是丑小鸭而成不了白天鹅。他们虽然也有理想有目标,却常常不把目标当作动力而是当成包袱,不是将目标用于奔赴而是用来背负,在各种崎岖坎坷、艰难困苦中渐渐销蚀自己的能力,最终一事无成。相反,只有善于"放大"自己的能力,才能不断激发潜能,不断刷新能力的高度。

"放大"自己的能力,先要相信自己。自信,是获得成功不可或缺的重要因素。有了自信,就有了战胜困难、走向强大的精神动力,就会认清自己的优势,敢于直面一切困难和风险,直至取得成功。果树上的许多果子不是因为太高而够不到,而是因为有人感觉够不到而不敢跳、不愿跳。要想摘到果子,就要敢于跳起来,即使一次次失败,也要一次次地尝试下去。在跳起来摘果子的过程中,有时可能就差那么一点点,但只要坚信自己能够得到,就能将现有的能力充分发挥出来,不断突破自我,从而摘得果子。

"放大"自己的能力,需要勇于挑战"不可能"。生命科学认为,人的能力有90%以上未曾得到开发。有位心理学家系统研究了一些历史名人的成功经历,得出一个结论:高度地承认自己,相信自己,正是他们取得成功的主要原因;而充分的自信和由此而产生的创造力,并不是卓越人物所独有的,普通人也一样能拥有。事实上,"不可能"中蕴藏着诸多"可能"的因素。那些看似"不可能"达到的目标,常常可以在一定条件下转化成"可能"。只要真正具备挑战"不可能"的勇气,并为之付出艰苦卓绝的努力,就能够爆发出巨大的能量,实现从"不可能"到"可能"的飞跃。

"放大"自己的能力,还要善于把握机遇。有人曾提出一个"飞猪理论",即站到风口上,猪都能被吹上天。当风来的时候,要善于乘风而上、顺势而为,这样才能借风起飞;如果风已经过了,才想到要往风口上站或跟在后面"追风",显然已经来不及了。我们既要有强烈的"机遇意识",更要有"时刻准备着"的敏锐头脑,当机遇来临时,能够迅捷有力地抓住它、驾驭它。当今时代,信息瞬息万变,机遇稍纵即逝,拥有一般性的"有准备的头脑"已经很难在激烈的竞争中掌握主动、赢得先机;只有拥有"时刻准备着的头脑",紧盯机遇、随时准备抢抓机遇,才能在机遇来临时紧紧抓住它。

借助外部力量,也能够"放大"自己的能力。荀子在《劝学》中讲:"假舆马者,非利足也,而致千里;假舟楫者,非能水也,而绝江河。君子生非异也,善假于物也。"借助外部力量,可以撬动推进事业成功的杠杆,让自己的能力产生倍增效应。所借助的这个外部力量,可以从书本中学习得来,也可以向身边人请教,让他人的智慧、经验为己所用,用以补齐学识才能上的短板,如此便能最大限度地"放大"自己的能力。

甄语录 要想实现心中的目标,没有人能比你自己更快。

能再快些吗

□徐立新

假期带儿子回老家。当看到屋前碧绿的河水时,儿子脱口而出:"爸爸,我要钓鱼!"

我说:"可以,但这里没有成套的渔具。"儿子说:"我们从网上买一套吧,越快越好。"我打开手机,发现不少网店节假日不送货,最快的一家,也得三天后才能送达。

儿子有些心急,说:"爸爸,还有更快的方式吗?我等不及了。"

我说:"有呀,就是你自己去镇上的渔具店买。"儿子又问:"那大约需要等多久?"我看了看手表,已经上午十一点了,于是说:"如果吃过午饭后去买,大约还需等两小时;如果明天一早去买,大约需等二十小时;如果你现在就去,大约只需等半小时。"儿子说:"那我现在就去。"说完,他就让爷爷骑着电动车带他去买了。

半小时后,儿子坐到了河边,手中拿着钓鱼竿,目不转睛地盯着河面上的浮漂。

要想实现心中的目标,没有人能比你自己更快。

甄语录 当一个人对心性的管理达到无须再花费精力来约束自己的程度，自然会获得极大的自由。

牧心如牧牛

□ 半 僧

心，是很抽象的东西，所以古人把对心的训练，形象地比喻成牧牛。明代普明禅师作有《牧牛图颂》，他用几幅图和几首诗，生动地表现了调伏心性的渐进步骤。

第一首《未牧》，"狰狞头角恣咆哮，奔走溪山路转遥，一片黑云横谷口，谁知步步犯佳苗"。写焦躁不安、未经驯化的心。

有人可能会有这样的经历，当某件事情发生之后，会问自己："我怎么会说出这样的话？做出这样的事？"其实，人的很多言语和行为并非大脑思索之后的选择，而是由习气和潜意识支配，人往往身不由己，做不了自己的主，习气才是自己的主人。那么，如何把握自己的言行呢？首先要看到自己内心的运作，这首诗写的是对内心没有觉察的状态，牧童还没有找到心牛。

第二首《初调》，"我有芒绳蓦鼻穿，一回奔竞痛加鞭，从来劣性难调制，犹得山童尽力牵"。写初步的训练与约束。

当一个人静心觉察到自己的心念状态，往往会有令人惊讶的发现。看到喜欢的就想尽办法弄到手，得不到就寝食难安，别人说了自己不喜欢的话，就会不自在，愤怒，思考问题钻牛角尖，一定要问是非，其实哪有那么多对与错呢？当一个人发现这些，开始的反应一般就是打压自己的念头，就像对待一头不听话的牛，当它要做错事时，就用鞭子把它赶回去。

第三首《受制》，"渐调渐伏息奔驰，渡水穿云步步随，手把芒绳无少缓，牧童终日自忘疲"。初步学会自我控制。

就像初学打篮球，当你刚刚掌握球技的时候，会爱上这项运动。当你学会觉察和慢慢管理自己的内心，会有成就感，得到无法用言语表达的乐趣。

第四首《回首》，"日久功深始转头，癫狂心力渐调柔，山童未肯全相许，犹把芒绳且系留"。不断反省与觉照。

当牛慢慢被驯服，牧童仍然不放心，还把缰绳牵在手上。经过不断觉察、反省，人的心性也慢慢调柔，不会有出格的言行，但是仍然不能放任自流，因为不知道什么时候潜意识会跳出来做你的主人。所以，需要继续精进。

第五首《驯服》，"绿杨阴下古溪边，放去收来得自然，日暮碧云芳草地，牧童归去不须牵"。心性已被调伏，平静自然。

我有一次在青海旅行，晚上，看到很多牛马牲畜在县城的街上自由自在地走动，我问当地的一位藏族群众，它们是从哪里来的？没有主人跟着不会丢吗？藏族群众告诉我，当地的农民在冬天的时候，因为家里没有了饲料，就把牲畜放出门去，它们或者上山或者进城，随便自己找吃的，到了第二年春天，它们会回到自己的家。这个习俗能够延续，除了民风淳朴，更多的是人与动物之间形成的默契。青海的牲畜并不是特殊的品种，而是当地藏族群众长期驯化的结果。

如果你能把自己的"心牛"训练到不需要缰绳，也会达到"随心所欲，不逾矩"的境界。

第六首《无碍》，"露地安眠意自如，不劳鞭策永无拘，山童稳坐青松下，一曲升平乐有余"。心灵获得自由，悠闲自乐。

当一个人对心性的管理达到无为而治，无须再花费精力来约束自己，就会获得极大的自由，自由感会带来前所未有的快乐，而这种快乐与各种物欲得到满足的快感不同，它是精神飞翔的状态，人生就像庄子所说的"逍遥游"。

小时候，我看《西游记》，有一个情节我一直觉得很奇怪。孙悟空有上天入地的本领，大闹天宫不服管束，后来能乖乖地跟着唐僧，是因为观音菩萨给他头上套了个金箍，到了西天如来佛祖那里取得真经之后，孙悟空对如来说，现在我的任务完成了，你就给我念一个"松箍咒"，把金箍摘下来吧，但是如来说，你摸一下自己的头。孙悟空往头上一摸，金箍没有了。

我一直在想，怎么会一下子没有了呢？是如来佛祖把金箍收回去了吗？以后唐僧再也不能管教孙悟空了吗？长大后接触禅修才明白《西游记》的隐喻，孙悟空是人的心性的象征，初始就像一只心猿意马的野猴子，本能的野性无法无天，当经历很多磨难，渐渐收敛调伏，就获得了更高境界的自由，不再需要外在的金箍。我终于明白了，那个金箍不是如来佛摘走的，它会自行消失。

甄语录 真正的自律是，别人看你是自律的，你看自己是自由的。

自律这件事

□游宇明

我供职于高校，每年必干一个活儿：指导学生写毕业论文，少则四五人，多则八九人。为了让学生们把论文的"毛坯"打结实，我给出的构思、写作时间非常慷慨，3月中旬才要求交初稿。有的学生很守规则，往往没到最后期限就将论文提交进了系统；有的学生比较懒散，一篇论文非得老师催上六七次才磨磨蹭蹭交来，姗姗来迟的稿子还充满各种差错，或者格式不对，或者句子不通，或者结构不畅，一看就是为了塞住老师的嘴巴匆匆忙忙弄成的。

学生们对写毕业论文的不同态度，使我想到了一个词：自律。

自律不容易，知易行难。要战胜惰性，自己管好自己，很考验一个人的内驱力，有作为的人，往往都是在自律上得分很高的人。而有些人做事总是半途而废，也往往是因为自律不够，随意放弃。

在自律上，我亦是得失参半。我出生于物质生活还不丰富的年代，年少时没什么口福。18岁的时候我幸运地考上了大学，几年后被分配到一个不错的单位工作，每个月都有固定薪金；我平时爱好写作，发表、出版作品一直比较顺利，时有稿费、征文奖金、版税等进账，足可承担日常花销。俗话说：缺什么，盼什么。小时候许多东西没吃过或者吃得不那么痛快，现在经济条件宽裕了，物质丰富了，我便毫无节制地大饱口福，荤菜不吃到胃撑不罢休，整天饼干、水果不离嘴巴。结果，年轻时喜欢蹦蹦跳跳，身体没有什么毛病。到了四五十岁，坐在书房的时间多了，脸慢慢变圆，腰越来越粗，体重猛涨，身体上的各种毛病都来了。身体是本钱，我意识到了问题的严重性，便听从了一位医生朋友的劝告开始减肥：一是节食，一天只吃200克主食，荤菜也限额摄入，早晨吃个鸡蛋，中午吃少许猪肉、鱼肉，晚上吃素；二是每天坚持走至少一万步，天晴去运动场，下雨就在家里做操。努力了半年，体重下降，身体状况明显改善。管住嘴，迈开腿，这种养生方式很多人都知道，我坚持做到了，是有成效的。如果你觉得无效，不妨先审视一下自己有没有坚持并做好。

我发现，当一个人的内心觉得这件事很重要、必须做的时候，会自我驱动管好言行，不怕受约束，自律就不像想象的那么难。当坚持了一段时间后，还会形成习惯，见到一点儿成效，自我管理和自我约束就更顺利了。

我很庆幸自己后来的自律，觉得是自律给了自己基本的健康。有人喜欢将自律与自在对立起来，认为自律必然受到约束而不自在，这种想法是幼稚的。其实，自在来源于自律的深处，如果说失败是成功的"母亲"，那么我说自律是自在的"母亲"，一点儿也不过分。大学生写毕业论文，按规矩提交完必要的材料，他的心态就可以放松，在一定时段里可以去干别的事情；一个人通过自律治愈了疾病，便不必操心如何吃药控制病情；一个人工作和生活都注重自律，严守规矩，谨言慎行，便不用时时担忧有麻烦找上门。一个人若有必须完成的事拖延未完成，时时记挂于心；一个人若需要为自找的麻烦救场，或时时担心因不自律而弄出错误要补救，客观上也就减少了潇洒自在。

孔子向往的人生境界是"从心所欲不逾矩"，这是什么意思呢？我的理解是他老人家想说：一个人自律到了一定的程度，内心有了敬畏，做起事来便有边界意识。具备这种边界意识，他就可以直面各种艰难局面，保持内心的淡定，让人生呈现本质上的从容、镇定。孔子其实非常懂得自律与自在的辩证关系。

世界上并没有无约束的自在。有位漫画家说："真正的自律是，别人看你是自律的，你看自己是自由的。"真是对极了。

甄语录 没有孜孜不倦的追求和探索，怎能在瞬间捕捉到成功？

43年与1/30秒

□ 黄小平

美国有一位著名的摄影记者，名叫弗兰斯。有人问他那幅成功的作品是怎样拍摄出来的，他回答说：这张照片的曝光时间是43年又1/30秒！

弗兰斯拍摄那幅作品，仅用了1/30秒，但如果没有弗兰斯43年来对摄影事业孜孜不倦的追求和探索，他怎能在1/30秒的瞬间捕捉到成功呢？

甄语录 当你有了愿景,就会更有动力完成眼前的任务。

三数法:
最强表达魔法

□陶诗秀

你是否每次上台说话,明明脑袋里的想法很多,但不知怎么回事,只要一开口就东拉西扯,最后到底想讲什么连自己都不清楚?你是否一打开作文本,就不知从何动笔?掌握了"三数法",就可以有效解决这些问题,让你的表达更有条理。

根据研究,人的心智在短时间内只能消化三个单位。比如给你一个九位数:936724815,要你马上背出来,很难吧?但如果把它分成三个数字一组,变成936-724-815,是不是背起来就容易多了?

要怎么运用三数法?在表达中,三数法有以下几种形式:

1.时序式: 过去、现在、未来

最简单的三数法就是"时序式",把时间分成过去、现在、未来三部分,不管是介绍自己还是说别人的故事,按照这种方法讲述,都会非常有结构。

例如:大家好,我是宥铭。小时候,妈妈常讲故事给我听,让我养成了阅读的习惯(过去)。现在,我每天都会写日记,把生活中发生的故事记录下来(现在)。将来,我想成为一位作家,用文字把更多感动分享给读者(未来)。

2.条例式: 第一点、第二点、第三点

如果要表达对某件事情的看法,适合用"条例式",把你的看法分成三点来谈。因为只说一点或两点,立论不够强,四点以上又太多,听众记不住,谈三点是最适合的方式。例如"如何妥善运用时间",你可以用条例式这么说:

关于运用时间,我有以下三点看法。第一,列出一份清单,确认有哪些事情要完成;第二,重要的事情先做,避免重要的事一延再延。第三,减少玩手机和上网的时间,以免一不注意,时间就浪费了。

3.步骤式: 首先、其次、最后

如果要谈的内容是有步骤的,就得用"步骤式",

把你的方法用三个步骤讲完，这样就不会让人觉得太复杂，而且确实做得到，其口诀是：首先、其次、最后。例如有一次欧阳老师给毕业生写了一段话，就用了步骤式：

各位同学知道吗？人生要成功一点儿也不难，就三个步骤：首先，"因为我想要"；其次，"然后我去做"；最后，"因此我成为"。有五个大男孩想把歌唱给全世界听，他们不断作词、作曲、练唱，积累表演经验，从小范围演唱会慢慢发展到万人演唱会。最后，他们成为听众耳熟能详的"五月天"组合。

4.层次式：低、中、高

层次式是一个厉害的技巧，很多成功的表达者都会这么做。首先讲一个比较差的，再讲一个好一点儿的，然后把最好的放在最后，这样就会有一种对比性，听众自然印象深刻。例如：

有一个人在路上看见一名工人在砌砖，他问："你在做什么？"工人答："你没看到吗？我在砌砖。"这人继续往前走，遇到第二名工人，问了同样的问题，工人答："我在盖一面墙。"他继续往前，遇到第三名工人，又问同样的问题，第三名工人回答："我在建一座最宏伟的博物馆。"

这个故事告诉了我们什么道理？

三名工人都在做同一件事，却有三种态度。第一个工人是为了做而做，第三个工人却看到了愿景。所以，当你有了愿景，就会更有动力完成眼前的任务。

甄语录 经历过风暴，才更适合谈论风暴。

山的意义

□ [法] 圣埃克苏佩里　译/马振骋

你们中间若有人坐了轿子去过千座山，看过千种风景，这样的学生我不感兴趣：首先，没有一座山是他真正认识的；其次，千种风景也只是浩瀚天地中的一粒灰尘。只有这样的人我感兴趣：他在登山时让自己的肌肉运动，即使只登过一座山，但他有准备去了解今后所有的风景，这就胜过你们那种对千种风景一知半解的假学者。

再说一遍，当我说到山，意思是指让你被荆棘刺伤过、从悬崖跌下过、搬动石头流过汗，采过上面的花，最后在山顶迎着狂风呼吸过的山。

甄语录 尽管有一时的失意，只要你一如既往地努力，你的人生并不会因此有大的差别。

如果有一个"平行世界"

□岑 嵘

"平行世界"究竟是怎么样的？这可不仅仅存在于科幻小说中。

班克斯是英国著名的涂鸦艺术家，2013年他在纽约市中央广场摆了一个摊位，化名贩卖他的黑白喷绘布画，每幅售价60美元。在这个世界中，没人知道他是谁，他的摊位夹杂在一排兜售旅游纪念品的摊位中，60美元的价位在游客眼中显得太高了，过了好几个小时，才出现了一个买家。一年后，在伦敦的一家拍卖行，同一幅画拍出了68000英镑。

全球知名的小提琴演奏家约夏·贝尔也经历了他的"平行世界"。2007年，贝尔带着他那价值350万美元的小提琴，来到华盛顿一处地铁站扶梯口附近，将帽子倒放在地上，面对早高峰人群，他献上了"演奏史上最动听的音乐篇章"。然而，在长达43分钟的无与伦比的精彩演奏中，只有七个人停下脚步听了一会儿，其余一千多人视而不见。演出结束时，贝尔的帽子里只有32.17美元。

两个世界如此悬殊，不禁让人目瞪口呆。同样的才华，同样的作品，只不过一个有着光环，一个默默无闻，结果截然不同。

普林斯顿大学的社会学家马修等人就人为地制造了一个"平行世界"。他们制作了8个完全相同的"平行"音乐网站，每个网站都被放进相同的48首来自未知艺术家的歌曲，他们想知道，这些歌曲在各自的"平行世界"里命运会如何。

实验的结果是，每个网站都有自己"最好听的歌曲"，一旦访问网站的人们看到的歌单是按照下载热门度排列的，不管热门歌曲是否让他们感兴趣，他们都会为这些歌的后续热门度"尽一份力"。

经济学家也对这个"平行世界"问题感兴趣。他们不需要制造出物理上的"平行世界"，而是有自己独特的工具。

经济学家把一些重要事件产生的分叉，用一个专业名词来命名——"断点回归"。即任何时候都有一个精确的数字（一个断点）把人们分成两个群体，经济学家可以对极为接近截止点的人们所获得的结果，进行比较或回归分析。

纽约史岱文森高中是一所让人梦寐以求的中学，这里的学生大多能考上全美排名前二十的名牌大学，因此竞争也很激烈，只有5%的学生能考上这所高中。麻省理工学院和杜克大学的经济学家们比较的这个"断点",就是史岱文森高中的录取分数线,在这个分数线上或下一两分的学生,最后的人生会截然不同吗?

研究结果让人吃惊,几位经济学家发现,分数线两边的学生,最后的大学预修课程分数和学术能力评估测试分数都难分高下,就读的也都是排名相当的名牌大学。虽然这些学生当年因为几分的差距,去了不同质量的高中,但人生并未从此截然不同。

我们总是以为运气很重要,在关键的地方走了运,人生就会完全不同。事实并非如此,决定人生的最重要的因素还是能力。如果班克斯和贝尔真的是个街头卖艺的,只要他们的艺术水准在,总有一天会被路过的伯乐赏识。"平行"网站的歌曲排名有高有低,但实验者最终发现,那些优秀的歌曲无论怎么被贬低,最终还是会受到欢迎。你差了几分,没有考上心仪的学校,但只要你一如既往地努力,人生并不会因此有大的差别……

"平行世界"中的那个你,和现在的你,只要付出的努力相同,结果不会有太大差别。

甄语录 只要集中精力做好一两件事,任何人都能显现出过人的才智,都可能叩响天才的大门。

另一种天才

□王　蒙

人们对天才有许多定义,有的说天才即勤奋,有的说天才是三分运气加七分汗水,都言之有理。但如果是我,如果浅薄如我都有机会谈天才的定义问题,我要说,天才即集中时间、集中精力。

具有正常智商的人,如能集中自己的时间与精力,全力做好一两件事,而且是长期坚持不懈,一般都能做出不俗的成绩,表现出相当的才具来。集中毕生精力打桥牌、下围棋、养蛐蛐、养蝎子、做泥人儿、捏面人儿、雕虫雕龙,都能创造成绩,都能当大师。

我很喜欢牛顿拿怀表当鸡蛋煮和他要为两只猫挖两个洞的故事。他竟然不懂大猫虽然进出不了小洞,小猫却可以与大猫共享一个大洞的道理。这就对了,有所为有所不为,才能有为;有所知有所不知,才能有知;有所长有所短,才能有长。任何正常的人只要肯集中时间精力做好一两件事,都能显现出过人的才智,都可能叩响天才的大门。

甄语录 当我们无法改变环境时，不妨试着接受它。乐观的姿态能减弱我们对它的排斥，从而减轻它对我们的干扰。

如何应对干扰

□吴业涛

当我在学习时，有时难免会遇到噪声的干扰。很多时候我无法改变环境，只能用意志力抵抗，不断地提醒自己："我要专心学习！我要战胜这些噪声！"但是这些斗争都是徒劳的，只会让我感觉非常烦躁，更难专心学习。

我后来看了一些科普文章，里面提及：人类经常接触的海量信息，其中很多是无用的，为了提高效率，大脑会自动忽略无用的信息。例如，人在一个嘈杂的环境里待了一会儿后，便会逐渐忽略无用的背景声音。我觉得很奇怪，既然大脑会自动忽略无用的信息，为什么我无法克服噪声的干扰？后来才明白原来我在用意志力排斥噪声干扰的时候，就是在不断地提醒自己"这里有噪声"。本来顺其自然就能忽略的东西，却被自己反复地强调，自然难以专心学习。

后来在应对噪声的时候，我调整了心态，尝试去接受它，甚至采用了欢迎的策略，我会告诉自己："让噪声再大声一点儿吧，还不够！"一边想着一边情不自禁地做出兴奋的表情。这些奇怪的念头能把我逗乐，让我处于一种乐观的状态，我也就不那么反感噪声了，很快就能忽略它。

噪声本身给我们造成的干扰是有限的，我们的大脑天生自带忽视噪声的功能，稍微有点儿耐心，大脑就能慢慢忽视它。这有些像是游泳，不会游泳的人一落到水里，会非常紧张和恐惧，拼尽全力胡乱地与水搏斗。如此恶性循环，自然就会不断下沉。使人下沉的并不是水，而是排斥水的心理。

当我们无法改变环境时，没必要用意志力去和它对抗、去排斥它，而应该做出一副接受它、欢迎它的姿态，这种乐观的姿态能减弱我们对它的排斥，从而减轻它对我们的干扰。

直面挫折，用勇敢的心让青春不负梦想

甄语录 心怀希望，就拥有了足以克服任何困难的力量。

一份巨大的财富

□ 编译/青衣江

我的外祖父是芝加哥一位有名的古董商，但世事变迁，到我母亲这一代，家境已经急剧衰落，母亲嫁给我父亲时，口袋里只有50美元，另外还随身携带着一个上了锁的小小的红木箱子。我童年最大的乐趣就是傍晚听母亲讲外祖父那些早已不存在的古董后面的传奇故事。

我的父亲那时候只是一位小公务员，微薄的薪水不足以养活我们兄弟姐妹6个，为了改善窘迫的处境，父亲找银行贷了一些款，准备和两个朋友在郊区合伙办一座小型的养殖场。但父亲万万没想到，那两个所谓的朋友拿到父亲的钱后，竟然从此无影无踪。

经此打击，父亲变得意志消沉。那时候，在一家超市工作的母亲也失业了，家里显得非常拮据。我常听见父亲在深夜里长吁短叹。有一天，母亲打开了那个从不让我们碰的红木箱子。她从里面拿出几件造型异常精美的工艺品，然后微笑着对父亲说："这是我父亲送给我的嫁妆，你拿去文物市场上卖了吧。如果所得的钱还有剩余的话，你就拿去炒股，一切都会好起来的！"

父亲想不到母亲还收藏着这么值钱的古董，他深情地吻了母亲一下。那天，父亲还破例带我们全家人去海边踏浪，他用卖古董换来的钱还了银行贷款，剩下的他全部投到了股市。然而祸不单行，一场席卷全美的金融危机令父亲购买的股票成了一堆废纸，他再次亏得血本无归。父亲再度变得焦虑，因为他觉得自己是一个十足的穷光蛋了。他再也没有了奋斗的信心。

这时，母亲又搬出了她的那个红木箱子，悠悠地说："其实我们并不是太穷。我还有一幅达·芬奇的名画《樱桃树下的午餐》，值很多钱，但那是最后一幅名画了，也是我父亲留给我的仅有的纪念物。你得答应我，不到山穷水尽的时候绝不卖掉它！"父亲看着母亲变戏法似的从神秘的红木箱子里拿出了那幅达·芬奇的名画《樱桃树下的午餐》在他眼前晃了晃。父亲再次深情拥抱了母亲，泪水止不住地从他苍白的脸上流了下来。

父亲又开始了奋斗，他利用工作之余四处兼职，甚至到殡仪馆给逝者整容。许多有钱人看不起父亲卑微的生活方式，他们往往找一切机会羞辱他。每每想起这些，父亲就委屈得泪光闪烁。有好几次他真想把那幅达·芬奇的名画给卖了，然后过一种不再低三下四的生活。但父亲是那么爱母亲，他不愿意将她父亲留给她的最后的纪念物卖掉。于是，父亲只得自我安慰：我不想卖掉那幅名画，是因为我不想让妻子伤心啊，但其实我并不是真的一无所有！

父亲的诚恳与执着终于赢来了好运，一位地产商热情地邀请父亲加盟他下属的公司。父亲在那里的事业蒸蒸日上。半年后，他就升为公司的高级管理人员。两年后，父亲从那家公司辞职，独立注册了一家新公司。他的生意越做越大。父亲拥有了富豪拥有的一切东西。

父亲曾说，是那幅达·芬奇的名画给了他无穷的力量，让他在落魄失意时，不至于觉得自己一无所有。他请求母亲把那幅画拿出来，装裱一新后挂在了富丽堂皇的客厅墙壁的中央。

春天的一个黄昏，父亲的一位朋友来访，他是一名文物拍卖商。见到那幅达·芬奇的名画《樱桃树下的午餐》时，文物拍卖商的眼睛惊讶地睁大了，但观察良久后，他肯定地对我父亲说，这绝对是一幅赝品！

父亲当然不相信，他认为妻子出身于古董世家，不可能看走眼，但我的母亲在一旁微笑着说："这幅画的确不是达·芬奇的真迹。""那你为什么不早点告诉我呢？"父亲有些生气地问，也许他认为将一幅赝品挂在家里最醒目的地方是一件很不光彩的事。母亲解释说："如果你早知道它是赝品，还会有奋斗的雄心和今天的辉煌吗？很多时候我们一蹶不振，并不是因为我们真的不行，而是错误地认为自己已穷得没有了任何可供重新崛起的资本。其实，只要还拥有勇气和信心，我们就永远不要说自己一无所有！"顿了顿之后，母亲又深情地说，"我的父亲临终前特意馈赠给我这幅赝品，他预料到它也许会在你将来可能的失败中发挥作用，可以说，它不仅仅是一个美丽的谎言，也是一份巨大的财富！"

在母亲温柔而坚韧的凝视中，父亲泪如泉涌。

甄语录 悲剧其实是最深刻、最强大的生的颂歌。

每个人都是重要的

□李泽厚

人只能活一次，所以每个人都是重要的。千万个个体都应该取得自己的主体地位，而不是英雄主宰世界、帝王统治群氓。每个人都应该把握自己每时每刻的存在，去主动地选择、决定、行动和创造。并且，人要活着，就得奋斗。海明威的小说《老人与海》之所以扣人心弦，也正表现了生的力量，即使是孤独的生、寂寞的死。所以没必要害怕死亡、悲剧的结尾……许多东西毁灭了，人物、事件消失了，没有时间了，它们却在人们心里活着、延续着，占据了人的心理时间。尼采论悲剧时认为，宇宙的可怕的毁灭性进程导致悲剧，但悲剧之壮美正在于生命之不可摧毁。悲剧其实是最深刻、最强大的生的颂歌。

甄语录 不知道自己还有翅膀可以飞，我们就会成为等着笼子来寻找我们的鸟。

笼子寻鸟

□ 邵毅平

"啊！"老鼠说，"世界天天在变，变得越来越窄小，最初它大得使我害怕，我不停地跑，很快在远处左右两边出现了墙壁，而现在——从我开始跑到现在还没多久——我已经到了给我指定的这个房间，那边角落里有一个捕鼠器，我正在往里跑，我径直跑进夹子里来了。"——"你只需改变一下跑的方向。"猫说着就一口把老鼠吃了。

这是卡夫卡讲的一个小故事，名叫《小寓言》，这里我们抄得一字不落。我们看到了什么？老鼠自己找死！它只需改变一下跑的方向，它只需不跑进指定的房间，它只需不往捕鼠器里跑，就不会被猫一口吃掉；但它不会改变跑的方向，它不会不跑进指定的房间，它不会不往捕鼠器里跑，所以它只能被猫一口吃掉。怪谁呢？怪自己！

一个乡下人来到法的门前，法的大门敞开着，他想要进去，守门人不让。守门人说，以后也许可以，但现在不行。乡下人探头探脑，守门人又说："你可以不顾我的禁令，试试往里硬闯，不过我很强大哦；况且里面还有好几道门，守门人一个比一个强大。"乡下人气馁了，决定还是等待。但是一天又一天，一年又一年，"以后"永远不来，现在总是不行，怎么磨叽都没用。最后，乡下人到了弥留之际，问了最后一个问题："这许多年来，除了我以外，怎么就没见有别人要进去呢？"守门人回答："这儿除了你，谁都不许进去，因为这道门只是为你开的。我现在要去关上它了。"这是卡夫卡讲的另一个故事，名叫《在法的门前》，这里我们简述了其概要。我们看到了什么？乡下人太听话了！守门人讲什么，他就信什么；守门人不允许，他就不敢动；守门人让他等，他就耐心等……他没试过不听，他没试过不信，他没试过不理……尤为关键的是，他从没有想过，他可以转身离开，爱上哪儿就上哪儿。于是他终于一辈子耗在了法的门前。怪谁呢？怪自己！

卡夫卡讲的另一个故事更长，名叫《变形记》，我们只能概述一下要点：一天清晨，旅行推销员格里高尔一觉醒来，发现自己变成了一只大甲虫；然后他就被困在甲虫的躯壳里，经过几个月徒劳的挣扎后死去了。

卡夫卡大概经常觉得自己像一只甲虫。在《乡村婚礼筹备》里，不想去而必须去乡下筹备婚礼的拉班，希望只需把自己穿了衣服的躯体打发去就行，而自己的真身则躺在自己的床上像一只大甲虫；在那封长达三万字的致父亲的信里，卡夫卡感觉自己在父亲眼里就像是一只甲虫。

然而，为啥是变成甲虫而不是其他的什

么呢？在康奈尔大学的欧洲文学大师课上，作为准昆虫学家的纳博科夫，仔细地画出了甲虫的俯视和侧视图，然后得意地告诉他的学生们，他的极好的发现值得他们珍视一辈子：

"在甲虫背上的硬壳下藏着不太灵活的小翅膀，展开后可以载着它跌跌撞撞地飞上好几英里（1英里约为1.6千米）。奇怪的是，甲虫格里高尔从来没有发现他背上的硬壳下有翅膀——有些格里高尔，有些张三李四，就是不知道自己还有翅膀！"

好了，还要我说下去吗？老鼠，乡下人，格里高尔……那就是我们！我们从未想过可以改变一下跑的方向，可以试试径直走进法的大门，或者干脆转身离开，也不知道自己还有翅膀可以飞……我们都是等着笼子来找到我们的鸟！

"这是一帮什么样的家伙啊！他们也思考吗？或者他们只是失魂落魄地踟蹰于大地之上？"

> **甄语录** 有内在动机与事业的成功呈正相关——梦想从来都是有用的。

单纯做事更容易成功

□佚 名

为什么成功的人总是说我只是单纯做我想做的事？你以为这是谦虚或者托词，实际上这是有科学道理的。

人在追求梦想、事业或知识的时候，总有一个（或多个）动机驱使我们不断向前。心理学家将我们的动机简单区分成两类：外在动机和内在动机。外在动机来自外在的诱因，例如升迁、加薪、奖金等，内在动机则是单纯地"想要做某件事"。

耶鲁管理学院的研究团队在他们发表的一篇论文中指出，如果在追求一项事物时，人同时具有外在动机与内在动机，那么不但达不到激励效果，在事业上成功的概率也比单纯持有内在动机的人要低。

该研究追踪西点军校1997年到2006年报到的新生，共10238名军校生，在开学的第一年，新生会填写一份问卷表明他们加入西点军校的原因，其中包括"工作机会""经济原因（西点军校不收学费）"等外在动机和"想成为一名军人"等内在动机，并追踪那些新生中的哪些人顺利完成了五年的军校生涯，哪些人毕业之后继续服役，还有哪些人获得了较高的军阶。

分析之后的结果是，持有内在动机与事业的成功呈正相关，而同时持有内在和外在动机的学生的成就却不如前者。

这或许可以解释，为什么我们经常看到社会上许多事业有成的人，无论致辞、领奖或是在自传里总喜欢说："我只是单纯做我喜欢做的事！"

甄语录 聪明对一个人固然重要，但能具备真诚、正直、单纯、勤奋这些品质，显然更为珍贵。

我不聪明，但我很努力

□ 戴帽子的鱼

童年的记忆不多，我只记得自己曾经非常笨。笨到什么程度？小学学"大于"和"小于"符号，我怎么也弄不清楚它们的差别。我知道一个开口朝左，一个开口朝右，但就是分不清谁代表大谁代表小。

我的数学老师是个非常厉害的人，惩罚人的招数非常多，我们全班同学都怕他。我每次上课就跟坐电椅似的，只要他的眼神扫向我，我的椅子就跟通了电一样，电得我大汗淋漓。我上课时满脑子都在祈祷，老师千万不要点我回答问题，千万千万。那时感觉在众目睽睽之下答不出题来是一种耻辱，就如一盆脏水当头淋下。而且，我也不敢问别人怎么区分"大于"和"小于"符号，因为对别人来说这似乎是很简单的事，我怕别人鄙视我太笨，笑话我。

好多次放学回家路上，我心中溢满悲哀和绝望，不断问自己怎么连这么简单的东西都学不会，是不是有智力障碍，是不是人生没有希望，是不是不配拥有美好的梦想。

按教学进度来说，这一章节因为很简单，所以很快就学完了，接下来的内容我学得很顺利。也许因为这一章实在太简单了，所以期中考试和期末考试都没怎么出相关的题目。那一学年的综合排名出来，我是全年级第三名。

没有人知道全年级第三名连"大于"和"小于"符号都分不清楚。只有我自己知道，我是一年以后才后知后觉地学会这两个符号，而且一辈子都忘不了学不会的痛苦和学会后的释然。

高中时，我旁边的旁边坐着一个非常用功的女生，长得很可爱，简直就像从动漫里走出来的人物。但她总戴着一副镜片厚厚的眼镜，不怎么爱打扮，每次下课也不出去玩，除了上厕所就是在座位上不停地做卷子。听说她每天也睡得很晚，可她的成绩永远都在中游晃荡。每次公布月考成绩的时候，我最关注的不是自己的，反而是她的，真心希望她的成绩能一下子提高，希望她能开怀一笑。可惊喜从来就没有发生过。

有一次考试后，我看见她哭了，摘下眼镜趴在桌子上无声地哭，肩膀耸动，没有人敢去安慰她，因为不知道该说些什么。说下次再努力吗？她努力得都快走火入魔了。说运气不好吗？那命运之神是不是从来就没有眷顾过她？她每次拼尽全力却都是得到同样的结果。大家正在犹豫的时候，倒是她很快恢复过来，吸了吸鼻子，用手背擦了擦眼泪，再戴上眼镜，又抿着唇继续做试卷。

大学的时候，我去给一名小学生做家教，辅导语数外。他一直不太认真，一会儿给我看他养的小乌龟，一会儿偷摸遥控飞机的控制器。他妈妈走进来吼他："你这么笨还不努力，以后可怎么办？"他抬起小小的头，神情幼稚、理直气壮地说："我不是每件事都笨啊，我画画就很好啊。"他拿出他画的水墨荷花，比我画的还要好。

那一刻，我好想穿越时光回到小时候，告诉那个因为分不清"大于"和"小于"符号而倍感耻辱的自己："没关系，你还可以做其他事。"我也好想回到高中，告诉那个每次都全力以赴、学习仍毫无起色的女孩："也许你不是很聪明，可你比那些第一名更让人佩服。"

"聪明"在我看来只是一部分人的属性，如果你没有这种属性，依然可以成为一个真诚的人、正直的人、单纯的人、勤奋的人、美好的人……这个世界，可不是单靠"聪明"就能撑起来的啊！

甄语录 从他们身上看到属于自己的更多可能，这就是榜样的作用吧。

榜样的另一种可能

□陶瓷兔子爱丽丝

书法家赵朴初曾这样评价韩愈："不虚南谪八千里，赢得江山都姓韩。""南谪"指的是韩愈被贬官潮州的一段人生插曲，这段插曲只持续了短短7个多月，韩愈就被朝廷召回。虽然韩愈在潮州很勤勉，又是办学校，又是治水患，还为当地的农户引进了一些良种，顺便推广了"官话"，但只有短短的7个多月，就算是商鞅在世也无法把这些改良之举推到既深又广的程度吧。

但有趣的是，韩愈之前，潮州只出过3名进士；韩愈之后，到南宋时，潮州登第进士就达172名。如果你有机会去潮州看看，应该不难发现韩愈留在各处的痕迹。这样的成果，或许跟韩愈做了些什么没有太大关系。他对当时的潮州人更大的意义在于提供了一个"人还可以这样活着"的样本——彼时的潮州只能算得上荒凉的边陲之地，很多人可能一辈子都没见过像韩愈这样的京官，可能根本不明白孔孟之道是什么，又有什么用，不清楚自己除了埋头种地、出海打鱼，还有什么其他的上升途径。

而韩愈的到来为当地人提供了一个新的可能性——或许无法成为他，但是可以借助他的方法、他的途径成为自己。从他们身上看到属于自己的更多可能，这才是榜样最实际的作用吧。

甄语录 苦难尽管是苦难，一经落入生活的海洋，终会被勇敢的心，沉淀为习以为常的云淡风轻。

我早已习惯一切艰难

□ 徐竞草

1965年4月的一天，法国《普罗旺斯报》的主编下班后，发现妻子非常沮丧，于是询问其原因。

妻子告诉他，今天有一个81岁高龄的妇人来他们家推销慈善日历，她接过日历，翻看起来，结果发现其中有一幅作品画的是普罗旺斯玉米地，那正是凡·高的作品。当她凝视这幅作品时，老妇人说道："我叫哈伯缇娜，这幅画的作者是我舅舅。"

凡·高还有一个尚在人世间的外甥女，这绝对是一个新闻。出于职业的敏感，《普罗旺斯报》的主编第二天便去拜访了哈伯缇娜。她住在一个专门租给贫穷老人的廉租房内，就像凡·高在阿尔勒小镇时住的房间一样，这间房子简陋无比，墙上贴着一张印制的凡·高油画《向日葵》。哈伯缇娜虽然穿得破破烂烂，但气质优雅。

哈伯缇娜告诉他，她的母亲伊丽莎白，也就是凡·高的亲妹妹，在诺曼底的一个小村庄跟一个男人生下了自己。由于她是私生女，母亲并没有把她带回荷兰，而是交由当地的一名寡妇来抚养。长大后，她得知自己的身世，也曾想回到荷兰找家人，但又怕凡·高家族不愿意承认她，"体面"的母亲不愿接纳她。

为此，哈伯缇娜只好忍下这一切，独自生活。不幸的是，35岁那年，一次严重的感冒几乎夺走了她的听力，她因此失去了工作，变得越来越贫穷。

直到生母去世后，哈伯缇娜才收到一封自称她妹妹的人（名叫珍妮）的信。原来，母亲在生命的最后一刻才告诉珍妮，她还有一个同母异父的姐姐。在信中，珍妮承诺把母亲留给自己的遗产分一半给这个素未谋面的姐姐，但哈伯缇娜拒绝了。

哈伯缇娜一生都崇拜舅舅，为了离他近一些，38岁时，她辗转来到凡·高生前待过的普罗旺斯。为了谋生，她唯一能做的就是挨家挨户地卖慈善日历，而这一卖就是43年，风雨无阻。

主编将哈伯缇娜的故事写出来，刊发在《普罗旺斯报》上。当地的几位知名画家读到后，感动不已，决定每年各卖一幅画捐助她。然而，哈伯缇娜再次拒绝了。她说："我已经80多岁了，早已习惯一切艰难。"

4年后，哈伯缇娜在廉租房里去世，只有《普罗旺斯报》的主编和当地的几名画家参加了她的葬礼。大家为她送上了一捧向日葵——那是她和舅舅心灵之间的桥梁。

甄语录 只有流过血的手指，才能弹奏出世间的绝唱。

我也曾是个穷困潦倒的文艺青年

□ [哥伦比亚]马尔克斯　译/李　静

那年年初，按照和父母的约定，我去波哥大的哥伦比亚国立大学法律系报到，住在市中心的一栋膳宿公寓里。

没课，我又没去勤工俭学，就窝在房间或合适的咖啡馆里读书。书多是偶然或靠运气获得的。买得起书的朋友把书借给我，借期都特别短，我得连夜看，才能按时还。就这样，我幸运地发现了成名已久的D.H.劳伦斯、阿道司·赫胥黎、格雷厄姆·格林、切斯特顿、威廉·艾里什和其他许多作家。

有一晚，室友维加带回刚买的三本书，和往常一样，随手借给我一本当枕边书，好让我睡个好觉。没想到适得其反，我再也无法像过去那样安然入睡。那本书是卡夫卡的《变形记》。新的一天来临时，我坐在维加借给我的便携式打字机前，试着写一些类似于卡夫卡笔下可怜的公务员变成大甲虫的故事。之后几天，我没去上学，依然沉浸其中。我正忌妒得发狂，突然看到爱德华多·萨拉梅亚·博尔达在报纸上发表的令人痛心的言论，他感慨哥伦比亚新一代作家乏善可陈。不知为何，我将这些言论视为战书，贸然代表新一代作家应战，捡起扔下的短篇，希望能力挽狂澜。

星期二送的稿子，结果如何，我一点儿也不着急知道，总觉得要登也没那么快。我在各家咖啡馆闲逛了两个星期，消解星期六下午的焦躁。9月13日，我走进风车咖啡馆，一进门就听说我的短篇小说《第三次忍受》被整版刊登在最新的《观察家报》上。

我的第一反应是：坏了，一份报纸要5生太伏（生太伏为货币单位），我没钱买。这最能说明我的穷困潦倒。除了报纸，5生太伏负担得起的日常消费比比皆是：坐一次有轨电车、打一次公用电话、喝一杯咖啡、擦一次皮鞋。细雨还在静静地下着，我冒雨冲到街上，却找不到能借给我几生太伏的熟人；星期六下午，膳宿公寓里除了老板娘，没别人，可老板娘在也没用，我还欠她两个月的房租，相当于5生太伏的720倍。

我无可奈何地走在雨中。老天有眼，让我看见一个男人拿着一份《观察家报》下了出租车。我迎面走过去，央求他把报纸送给我。就这样，我读到了被印成铅字的自己的第一个短篇。我躲回房间，心跳不已，一口气将它读完。逐字逐句一读，我渐渐觉察出铅字巨大的破坏力。

我投入那么多的爱与痛，毕恭毕敬地戏仿旷世奇才卡夫卡，如今读来，全是晦涩难懂、支离破碎的自言自语，只有三四句差强人意。时隔近20年，我才敢再读一遍，而我的评判——尽管心怀同情——更加不宽容。

甄语录 你是不是把精力都用在了自己所做的事情上，决定了你能不能成为天才。

钢琴界的"扫地僧"

□木 子

低调的钢琴家朱晓玫漂泊海外30多年，当过保姆和清洁工，一直过着隐士般的生活。

一次在巴黎的家庭音乐会上，朱晓玫演奏了巴赫的《歌德堡变奏曲》。一位慈祥的老太太听后，为之陶醉和感动，并和她攀谈了起来。原来对方是伊朗王室的后裔，聊天中得知朱晓玫没有固定的住所，就一定要把自己在塞纳河边的公寓，以极低的租金租给她，还主动带她到卢浮宫去参观。

在卢浮宫，老太太指着创作于公元前190年的《萨莫色雷斯的胜利女神》的雕塑对她说："我希望你在台上像她一样自信。"老太太还说："如果我能够弹成你那样，我愿意在农场待上10年。"

就这样，朱晓玫租了那套公寓。为了不吵到邻居休息，她每天等邻居们都上班后，才赶紧把自己关在家里练会儿琴，再去学校做临时教工。

不料一段时间后，出门碰到的邻居竟然问她："昨天你弹的是不是斯卡拉蒂的奏鸣曲？"朱晓玫马上不好意思地道歉："对不起，还是打扰到你们了。"邻居连连摆手说："我不是这个意思，一点儿都没有打扰，我反而很享受你的演奏！"

1994年，45岁的朱晓玫收到了巴黎城市剧院的演出邀请。这也是她第一次在巴黎演奏钢琴。对一个默默无闻的中国钢琴家来说，这是十分难得的。更令朱晓玫意想不到的是，平日里"偷听"她弹琴上瘾的邻居们，居然私下买了60多张票支持她。

从第一场音乐会开始，朱晓玫便一鸣惊人。她在欧洲的个人音乐会一票难求，在国内的演奏会门票也当天售罄。

苦行僧一样的朱晓玫很少在媒体上露面，也不做演出宣传，因为生活得太过简朴和低调，还曾在演出中闹出过笑话。2003年，她受邀请去比利时一个国家级的音乐场馆演奏时，被保安挡在了门外："对不起女士，早上菲佣已经来过，不用再打扫了！"对此，朱晓玫也不以为辱，而是柔声细语地表明自己的身份。也许对她来说，除了琴声，别的都不那么重要。

对于别人夸她为天才，朱晓玫也有着自己的理解：你是不是把精力都用在了自己所做的事情上，决定了你能不能成为天才。

甄语录 在任何范围内，只要有一个认真的人挺身而出，就能开创通往未来的大道。

为了百万分之一而存在

□ [美] 博恩·威尔金斯　译/乔凯凯

我认识一名运动员——一开始，我确实以为他是运动员。

我是在运动场上认识他的，当时，他正在练习跑步。我开始跑步时，他已经在跑步了；当我停下时，他仍然在跑步。"真是一位勤奋的运动员。"我在心里称赞道。

几天后，我又在游泳馆里见到了他。他正在泳池里游泳，一圈又一圈，似乎永远不知道疲倦。当他走出来，坐在我身边的椅子上休息时，我忍不住对他伸出大拇指。他笑了笑，对我说："我需要不断地锻炼以保持体能。"

我好奇地问："您是一名游泳运动员吗？"

"可以这样说，但并不准确。"他点点头，接着说，"事实上，我是一名救生员。"

"噢，那太酷了。"我对他的敬佩又多了一些，"这份工作给您带来了很多荣光吧？我是说，当您救起一个人的时候，一定感觉很自豪。"

"可能吧。不过到目前为止，我还没有经历过这样的时刻。"他摊开双手，脸上露出一丝无奈。

看到我疑惑的表情，他解释说："我是奥运会游泳比赛中的救生员。游泳比赛开始时，坐在泳池旁穿着统一的服装，戴着一顶小红帽，胸前配着口哨，手上拿着救生浮板的工作人员里，有一个就是我。"

听了他的解释我很吃惊，甚至哭笑不得。能够参加奥运会游泳比赛的都是世界顶尖水平的选手，他们需要救生员吗？

他告诉我，在奥运会历史上，游泳健将在赛场发生意外需要营救的先例只有一例。那是在1948年的伦敦奥运会上，100米自由泳冠军格雷塔·安德森在400米自由泳预赛中因为身体不适突然失去了知觉，然后慢慢沉入泳池底部。不过，坐在场边的救生员们还没来得及行动，旁边的匈牙利选手立刻潜入水中将安德森的头部托出水面，救了她。

"事实上，游泳赛场上有选手发生溺水事件的概率是百万分之一。其实，我和你想的一样，也不认为选手需要我们，但我们依然会时刻准备着。万一意外发生了呢？"他看着我，认真地说。

那一刻，我对他肃然起敬。他只是为了百万分之一而存在，却付出了百分百的努力。

甄语录 不会、不能、不肯欣赏别人的人，陷在抱残守缺、自高自大的境况中，往往很难走更远的路。

人，要有五识

□杨恒均

人要有"知识"，这是毫无疑问的，知识来自咱们所受的教育，以及实践中的经历与经验。

积累了从书本与实践中得来的知识，你就应该具有必定的"知识"了。一个普通人并不需求搞清登月火箭的燃料构成与DNA（基因）的结构图这样的知识，但他得知道根本的善恶与美丑这些知识。

一个人只有在获得了必定的"知识"，也不回绝"知识"时，才能使自己的才干更上一层楼，成为一个有"才智"的人。这才智便是你看问题的观念，你的思维与世界观了。我常常遇到一些人，由于知识有限，连根本知识也分不清，一见面就想宣布一通"主意"，显得他很有"才智"，弄得你不听也不是，听也不是。当然，更让人难过的是一些很有知识的学者，却一点"才智"也没有。

有了上面三种"识"，你便是一个有学识、有点观念的人了。不过，大多数有学识的人，也就停留在这个层面，而无法上升到更高一级的那个"识"——胆略。

"胆略"是社会责任感和勇于承担的气势。一个人哪怕学识渊博，亦有"才智"，可由于种种原因，却闷声发大财，到了该出手的时分，仍是不敢出手，缺少的便是"胆略"。

我要着重强调一点，"胆略"可不仅仅是指斗胆，更不是"有勇无谋"。一个无知的人，一个连知识都没彻底搞清楚的人，一个随声附和的人，即使再"英勇"，也不能称他有"胆略"。

最后还要加一个同前面几个"识"相关不大的"欣赏"。咱们在人生路上踽踽独行，都有偶遇别人欣赏的时分，请问，你是什么感觉？我相信，有时别人的一两句欣赏，往往成为你持续走下去的动力，造就了你的终身。我这里着重强调的"欣赏"，便是你是否懂得欣赏别人。

那些具有"知识""常识""见识"，尤其是"胆略"的人，不少都有傲慢乃至目中无人的缺点，他们失去了"欣赏"别人的能力。而不会、不能、不肯欣赏别人的人，往往也就开始抱残守缺、自高自大，这样的人能走多远呢？

甄语录 除了通过黑夜的道路，无以到达光明。

走着走着，天就亮了
□ 历 勇

很多时候，我们所走的路，所做的选择，一开始也许并不那么明朗。

一位刚刚大专毕业的男生，平时在嘉兴平湖小城上班。某个周六晚上，外面下着缠绵的秋雨，无止无休。他从小城坐最后一班车，赶到杭州。他背着鼓鼓囊囊的双肩包，一手撑伞，一手提着一个装东西的袋子。他比我高，看起来很职业，完全没有我刚刚本科毕业时的青涩。

他说，忙，一刻也不想让自己闲下来。下班后也是去图书馆、听讲座、参加活动……来杭州，是为了明天去浙大听讲座，因为我报了浙大的专升本。他妈老抱怨，怎么连人影都这么难见到？他说，为了充实，为了以后有更美好的人生……

我听他滔滔不绝，看他眼里闪烁着催人奋进的光芒，心里真的只有惭愧。

这样一个从一所很普通的专科学校毕业的男生，所呈现出来的上进好学的姿态，让我觉得他脚底踩了风火轮，毫无畏惧，猎猎作响，呼呼有声。

像这样的有为青年，我身边还很多。比如他，一个"90后"的同事，平时总是忙得见不到人影。有一天忍不住好奇，问他到底在忙什么。

他说，平时去小和山的一所学校上课，晚上带了一个家教，周末去另外一个培训机构上课……每天晚上几乎十点才拖着一身疲惫回到住的地方，倒头就睡。他说："我喜欢奋斗的状态，我希望多赚点钱，不被金钱奴役，我希望去创业，我希望潇洒走世界啊……"

我难以置信，一个人，怎么能除了工作，再接两份兼职呢？

但是，他又说，谁都有脆弱的时候，他也有，尤其是晚上失眠的时候。"鬼知道我经历了什么，有时候真的感觉，我快要死了"，哪有什么"洪荒之力"，全是咬牙坚持，厚积薄发。谁都知道年轻时该奋斗，并作为座右铭挂在自己的嘴边。可是很多人都是走着走着，因为太辛苦，选择了退出。也有很多人，一开始就吃不了苦，选择了安逸的工作，等到年纪大了，只能把年轻时该吃的没有吃的苦加倍咽下去。

走着走着，天就亮了。泰戈尔说过，除了通过黑夜的道路，无以到达光明。当与命运狭路相逢，路很长，夜很黑，你别无退路，只能在胸口刻上一个"勇"字，克制着所有的恐惧，咬牙走过那段独行的夜路。

走着走着，花就开了。走着走着，黑暗很快就会散去，天就亮了。

甄语录 有卓越的理想，才有极大的能量。不忘初心，世界自会给予我们应有的奖赏。

击败牛顿的小木匠

□ 张春苗

1773年，白发苍苍的哈里森从英国国会领取了8750英镑的奖金。从1730年，他第一次叩开经度局的大门算起，几十年过去了。对他来说，这笔奖金来得迟了点儿，但他的科研成果毕竟在他有生之年得到了肯定。

17世纪，大海航时代已经开启。西班牙、英国、法国纷纷致力于海上航线的开拓。海上航行，精准的定位至关重要。茫茫海洋，只能依靠经纬度来定位导航。纬度依靠北极星高度或者太阳中天高度就可以判断，哥伦布发现新大陆就是循着纬度航行。经度确立却异常麻烦，只能通过测量航速和其他辅助方法来估算，更多时候只能依靠船长的直觉或者运气，把船队的命运交给运气，是不靠谱的，因定位不准造成船毁人亡的悲剧屡见不鲜。1707年，英国的一支舰队刚刚在海上打了一场漂亮的海战，海军少校率领四艘舰船胜利返航。归途遭遇大雾，船只偏离预先航道，触礁沉没，一千多名官兵葬身海底。战争没有夺去他们的生命，却在离家不远的群岛遭遇海难。血的教训，让英国国会于1714年制定并通过了《经度法》，国会承诺如果能够解决经度测量这一难题，将有巨额奖金，最高可达两万英镑。

消息传开，巨大的利益让许多人撸起袖子往前冲，这其中就包括当时的许多科学大腕，诸如牛顿、哈雷、欧拉、马斯基林这些一长串闪光的名字。当时的钟表制造技术已经相当成熟，但是，所有的机械钟表带到船上统统不管用。巨大的颠簸，寒暑温度的变化，热胀冷缩等各种原因让机械的物理属性全部发生变化。牛顿就曾说"在船上，要想依靠钟表来知道时间，我们这一代人做不到，我们之后的人也做不到"。科学家们都把聚焦点放在星空上，他们认为星空、星象是上帝给我们的钟表，读懂了就可以定位。

巨额奖金也成功吸引了哈里森。他只是一个乡下小木匠，没有多少文化，更不懂精深的天文学知识。他对机械感兴趣，曾经自己"瞎捣鼓"，给当地的教堂造了一台计时准确的摆钟。1727年，他开始思考如何制造出经得起海上颠簸的时钟。1730年，他揣着自己的设计图辗转找到了当时的经度局领导——天文学家哈雷。哈雷不懂机械，把他引荐给了当时伦敦最好的钟表制造匠格拉姆。格拉姆是识货的，看了设计图以后，觉得可以一试，还拿出250英镑给哈里森作为制作经费。

5年后，哈里森以自己的名字命名的第

一台航海钟H1问世了。这是一个1米见方,重34公斤的庞然大物。哈里森创造性地使用"蚂蚱腿"的发明装置,可以有效避免海上颠簸。哈里森带着H1进行了一次短途航行,结果证明,用它来测量经度比当时最有经验的船长的测量还要精确100千米以上。按说,哈里森完全可以顺理成章地索要奖金。可哈里森自己却不满意,他向经度局申请,给他时间,做出改进。

于是,他拿着经度局给的500英镑,一头扎进工作室。1741年,哈里森制造出第二台航海钟H2。但他近乎执拗地认为,这还不是他梦想中的航海钟,他觉得还有进步空间,又着手改进。H3花了他19年,和前两台相比,H3堪称完美,结构紧凑,雍容华贵。哈里森还是不满意,他想再次超越自己,制造出轻便易于携带的。60岁的他又开始研制。6年后,哈森终于造出了怀表大小的航海钟H4。它仅仅比怀表大一些,重量只有3磅。高雅的白色表盘上雕刻着精致的花纹。表盘里面,哈里森用精心雕琢的钻石和红宝石作为推杆。

在这漫长的时间段里,科学家们也没闲着。他们把精力放在仰望星空,读懂上帝制造的钟表上。利用月亮,利用星象,确实能大略知道时间,但其中巨大的误差先不说,单是遇上特殊天气,上帝的钟表就不管用了,这时只能依靠人类的智慧。

哈里森的儿子威廉带着H4远征。这期间,海上的颠簸让威廉发起高烧,也不断遭遇恶劣天气。但是,H4尽职尽责,在海上航行81天,仅仅慢了5秒钟。至此,哈里森完胜科学家。

面对这一奇迹,经度局却没有兑现自己的承诺,因为哈里森仅仅是木匠的儿子,当时的主流科学界不甘心认输。最终国王乔治三世介入,他力挺哈里森,终于让这位穷尽一生的匠人获得本该属于他的一切。

制造航海钟的技术公布了,一大批工匠不断参与改进,航海钟开始批量生产,价格也很亲民。等到达尔文航行时,他的"小猎犬号"上就带了22只航海钟,可见其普及程度。航海钟帮助英国征服了海洋,确立了海洋大国的地位。

这场旷日持久的钟表匠与科学家的竞争,钟表匠赢了。一开始哈里森的确是为了奖金,但后来他不断升级改造,不断自我否定,已不仅仅为了钱。不忘初心,追求完美,追求卓越的工匠精神支撑着他走完了一个人的孤独之旅。

甄语录 很多东西，正因磨难才显得越发珍贵。

所谓青春，就是拼搏和迷茫并存

□木淮晓

我一直是个毫不起眼的学生，大部分老师都说我"有些安于现状"。结果，高三一开学的月考就给了我当头一棒，一个暑假过去，原本成绩与我并驾齐驱的同学居然远远地把我甩在后面。

开家长会时，我站在教学楼底下，惴惴不安地等待着妈妈，心想一会儿妈妈肯定会狠狠批评我，但同我预料的不一样，妈妈无精打采地说："这个分数够不到二本线吧，你再努努力，总要考个二本啊。"深夜时分，我久久无法入眠，高考、大学、梦想、未来……我一直承受着压力，也满怀憧憬，但是，如果我考不上大学呢？我的未来会在何方？

我感到无比恐惧和迷茫，有太多东西我尚未仔细考虑过。未来像是一个自带光环的概念，我常常想到它，却很少真正为它脚踏实地、全力以赴地做些什么。距离高考只剩一年，我还有可能吗？带着无数的困惑和苦恼，我睡着了。

第二天，数学老师讲评试卷，我不愿拿出58分的卷子，便骗同桌说没带，和她合看了一堂课。卷子上一共有5道大题，我有3道听不懂。下了课，我特别想去问老师到底如何解题，可又不敢。我很沮丧，想着要不算了，就继续这样读完高三吧。这时，同桌突然凑过来问我："第19题第2问你会吗？我没搞清楚。"我仿佛找到了同病相怜的小伙伴，赶紧答道："我也不太会。""那我问问课代表，等我懂了再告诉你！"说着，她便去找数学课代表了。

只一会儿，她带回来一张草稿纸，纸上全是课代表写的解题步骤。她拿着给我讲，我很快就弄明白了关键之处。然后我重新复盘，竟然顺利得出了正确答案。原来数学不是可怕的大怪物，只要抓住要害，我也能轻松制伏它！一时间我充满信心，指着试卷上的最后两道大题，向同桌请教。利用一上午的课间，我解决了数学试卷上的三道综合题，以前只能干瞪眼的"路障"，现在竟然被我一一跨过！因此，当同桌神秘地邀请我参加学习小组互帮互助时，我竟然想都没想就同意了。

学习小组包括我一共有6个人，有人负责数学，有人负责物理，我同桌负责生物……我分到了英语，毕竟我只有这一门功课拿得出手。从加入的第一天起，其他人一有英语难题就来问我，大部分我都能搞定，小部分不行的，我只好硬着头皮去请教老师。老师每次都耐心地帮我解答，渐渐地，我的胆子也大了起来。

　　学习小组的同学们从不跟我客气，所以，我向他们请教时也就不再感到难为情了。我的数学和物理是短板，只能从头开始查漏补缺，找负责物理的组员借来高一高二的笔记本，还买了厚厚的物理基础练习题，规定自己每天写一章。碰到没有思路的题目，我立刻请教同学、老师，争取及时把问题弄懂。

　　过去，我总假装一副不在乎的样子，不在乎成绩，不在乎排名……但我真的不在乎吗？谁不想读更好的大学，不想看一看更大的世界呢？所谓的"不在乎"看似潇洒，实则是逃避现实的借口。

　　改掉坏习惯并不容易。起初，我特别痛苦，常忍不住想偷懒，但看见其他同学斗志昂扬，我又不甘心停下脚步。在紧要的高三，我一旦松懈，恐怕就再也追赶不上了。

　　我咬紧牙关，铆足了劲儿，逼自己继续学下去。我听了同桌的建议，开始尝试归纳数理化的常见题型，先分题目类别，每种题型列举几道典型例题，后面写上解题思路和分析方法。遇到新题型，我就记录下来，一遍遍复习。时间流逝，题型归纳本一天比一天厚，内容一天比一天丰富，我做起题来也越发顺手。

　　黑板上的倒计时数字从两位数变成个位数，我埋头于高高摞起的书本中，做完了一套套高考模拟试卷，起初卷面满是密密麻麻的红笔订正，后来逐渐露出清爽的白色。我慢慢习惯早起朗读课文，用坐地铁的时间梳理知识框架，从前老记不住的生物知识点和化学方程式，我已经背得滚瓜烂熟。

　　我觉得很累，却又很安心。或许青春本该如此，有一群同伴，有一个目标，勇于拼搏，不畏艰险，每一天都充实而满足。

　　6月7日，高考开始。所有的紧张、激动、焦虑和压力都在此刻沉淀，我从未与梦想挨得如此之近，我感觉得到它的跳动，它是那么生机勃勃，让我备受鼓舞，不忍辜负。

　　高考成绩如期公布，我刚好达到一本分数线，随后被一所南方的大学录取，专业是我喜欢的临床医学。未来在我眼前铺开，我一直不敢说出口的梦想也朝我敞开怀抱，往后，我决心好好努力，因为我有了新的目标：我想成为一名优秀的医生，救死扶伤。

　　高三改变了我，将我塑造成更坚韧的模样。如今我敢于诚实地面对生活，也坦然接受失败的可能，我相信不断修炼终会迎来成功，哪怕晚一点点。很多东西，正因磨难才显得越发珍贵。🌲

甄语录 只要生活还没有完全被摧毁，演出还没谢幕，一切就还来得及。

未被摧毁的生活

□李伟长

我给小朋友告告读《柳林风声》，读到鼹鼠和水鼠哥儿俩，出门遭遇暴风雪，在冰天雪地里迷了路，眼前一片白茫茫，不知道该往何处去时，顿时心生戚戚。那么小的家伙，一阵风就可以将他们吹走，陷在漫天风雪中进退两难。幸好，他们遇到了獾先生。正是这位獾先生，打开了门，让我看到了一处迷人的地方。

那是一个幽深安静的洞穴。进门后，獾先生举着灯，领着他们俩，不紧不慢地穿过又长又暗的走廊地道，推开一扇厚重舒适的橡木门，进了一间温暖如春的大厨房。宽大的壁炉里炉火烧得正旺，炉前放着两把高背椅，用来招待到来的朋友。红色地砖因年久泛着光泽。一张长条大餐桌摆在中间，桌旁摆着两条长凳。美味的火腿、几捆干草、几网兜洋葱和几篮子鸡蛋，挂在厨房的上方。想想洞外风雪交加，路人饥寒交迫，而此时此刻，在獾先生的家里，热气腾腾，有炉火，有食物，还有远道而来的朋友。

就会享受生活而言，獾先生真是一个榜样，不仅找到了这么好的地方，还把它打理得如此舒适，粮食储备够了，炉火时刻不熄，真适合闭起门来安心过冬。冬天里的动物们都昏昏欲睡，有的已经冬眠了。冬天里休息是约定俗成的规矩。似乎过去半年多的辛劳和积蓄，为的就是过好这一个冬天。大雪天，烤着火炉，饿了就吃点火腿和洋葱，不必受冻，不至于挨饿，而后呼呼大睡，等待春天的到来，等待冰雪消融，等待水流再次潺潺。不用焦急，甚至连耐心都用不上，春天自然会像往年一样准时抵达。

听到朋友可能惹上麻烦，獾先生直言不讳，告诉鼹鼠他们，冬天里他什么也做不了，他得休息，也就是冬眠。忙活了半年，到了冬天，动物们就会犯困，獾和别的冬眠动物没有区别，甚至他冬眠的时间更长。让獾先生放弃冬眠，强打精神，或者打着瞌睡，离开温暖的洞穴，是很危险的行为，他可能会冻死在冬天的路上。这是獾作为动物的弱点，换言之，就是他的有限性。獾很清楚这一点，做不到就是做不到，逞强没有意义，接受自己的局限并遵守它才是对自己负责。

我想说，和动物一样，人也有某些特殊的习性，有些习性就是弱点，同样可能致命。一个人能意识到自己的弱点，要是还能接纳它，不想着强行纠正它，就已经很让人钦佩。事实上，总有很多人不甘心，以为凭着毅力和决心可以击败乃至克服自己身上的有限性，故而勉强行事，结局不顺遂也就再自然不过了。

我喜欢獾先生的"冷酷"，不冲动，不莽撞，没有急不可待，而是等着冬天过去。这样也许会错过帮助朋友的最佳时机，但只要生活还没有完全被摧毁，演出还没谢幕，就还来得及。事实上，生活也不可能被摧毁。何况，坏事还未发生，蛤蟆还没有锒铛入狱，为尚未发生的事情犯愁，不是獾先生的行事风格。几个月后，冬天过去了，冬眠结束，獾先生如约走出洞穴，和一帮老友拯救了浮夸的蛤蟆老弟。

冬天不出门，是獾先生的生存规律，也是一种生活哲学，像曾国藩说过的"未来不迎，当时不杂"，还没发生的事情不必忧虑，专注当下更为重要。当你知道獾先生清理出这么一间温暖的大厨房时，就知道他的生活是怎样怡然自得，又顺守自然秩序。

我从乡下来到城市，有时感觉迷了路，慌了神，硬着头皮往前走，幸有师长指路，走着走着，就走到了现在，回头看看走过的路，似乎又是对的。原来迷路也不容易，失掉生活方向的人才会迷路。莫泊桑在短篇小说《一生》中讲，"生活不可能像你想象的那么好，但也不会像你想象的那么糟。我觉得人的脆弱和坚强都超乎自己的想象。有时，我可能脆弱得一句话就泪流满面，有时，也发现自己咬着牙走了很长的路"。

这种感觉常在心头泛起又沉下，似乎说中了一些什么，又近乎矫情得不值一提。

不可否认，我很想走进獾先生的大厨房，在壁炉旁烤火，看柴火烧得旺旺的，在餐桌上吃火腿，听鼹鼠说蛤蟆让人啼笑皆非的遭遇，听小刺猬讲下雪天被妈妈赶去上学结果迷路的故事，等待温厚的獾先生睡醒，和他一道抽抽烟，喝喝茶，谈谈洞外的夜晚和纷飞的大雪。

甄语录 无论面对怎样的困难，幸运的是，总有人在追赶技术，在蛮荒之路中一点点开凿文明的缝隙。

疾病不息，奋斗不止

□尹海月

不去望一望历史，身处现代世界的我们很难体会，人类文明发展到今天，经历了怎样艰苦卓绝的斗争——在漫长荒蛮的医学史上，尤为如此。

直至19世纪末，科学家才通过第一张X射线片窥探到人体骨骼的奥秘。1900年，卡尔·兰德斯坦纳发现血液分型的秘密时，输血储存设备还未被发明出来，在第一次世界大战中受伤的士兵因此只能通过人与人现场输血的方式维系生命。作为外科手术三大基石的止血、麻醉、消毒，其历史也不过在100多年前才翻开序言。

此前，人类与病痛的斗争堪称一部血泪史。在有类似麻醉功效的乙醚于1846年被发明出来前，每一场手术都像恐怖片：简易的手术桌上，有人按住你的身体，以防你因过于疼痛滚下来，光滑闪亮的刀子刺进身体的每一秒都清晰可感，没什么能做的了，只能尽情号叫——那场面就跟杀猪一样。

截肢高居当时外科手术首位。为了减少病人的痛苦，医生们决定：提高刀速。18世纪苏格兰的一位医生可以在6秒钟之内截掉一条大腿。

在19世纪40年代的英格兰，一位医生在进行一场截肢手术时，因速度太快竟不小心切掉病人的睾丸，还有一次，他偶然切掉了助理的手指，快速甩动的刀子还划到一个围观者的外套。据说，这位围观者当场被吓死，可怜的助理也因为手指被截断而死于坏疽，病人也死了，这可能是史上最高死亡率的手术——高达300%。

即使截肢成功，病人也随时会因失血过多或感染而死。在帕雷发明钳夹止血法前，军医的止血方法简单而粗暴——手持一个红通通的烙铁，按在伤口上，将血管烧结，以此止血。

生活在医学快速发展时代的人们无法想象，为了有机会活下去，人类走过了怎样野蛮的阶段，比如，汞被当作疗愈神药，用于排毒通便——人们认为便秘和一切疾病相关，排出来，等于清除了一切身体毒素。

除了对生的向往，这野蛮的探索中也孕育着贪婪、欲望与暴利。我们的先人相信闪闪发光的金子能让他们长生不老，为了让金子易于吞服，西方的炼金术士们前赴后继，只为找到将黄金溶解到液体中的方法。

也只有人类有如此盲目的自信和野心。事实是，在历史长河中，我们更多时候渺小而无知。X射线技术问世时，人们曾一味沉迷于此，将其作为鞋店试鞋的标配，新婚夫妇以拍X光结婚照为时尚，甚至催生了以X射线片展示身材的选美比赛。

很不幸，这些人也成为早期无辜的X光"箭靶"。真正意义上做到了解并掌握这项技术，还要感谢那些不为人知的个体努力，在汉堡圣乔治医院前，竖立着一块纪念碑，石碑上刻着15个国家的169个人的名字，他们是为X射线研究付出生命的科学家、医生、护士。

伴随着科技的更新、认知的纵深发展，人们才逐渐清醒，体会到医学能给予人们的总是有限的。时至今日，仍有很多病痛折磨着人类，不断有人因癌症死去，抑郁症仍无法被治愈，阿尔茨海默病创新药正饱受争议，幸运的是，总有人在追赶技术，在蛮荒之路中一点点开凿文明的缝隙。

他们出于对同类的悲悯，试图破除传统，以非凡的勇气推动历史向前。而下面这个故事只不过是其中的万分之一。

19世纪60年代，一种叫产褥热的疾病夺去了欧洲千万妇女的生命，一位名叫赛麦尔维斯的医生发现，医学生检查产妇前常去解剖室解剖，是接触过尸体的双手导致产妇感染。他开始要求自己病区的医学生看望产妇前必须用漂白粉反复洗手，并力倡洗手原则，然而，欧洲主流医学界嘲笑其简单的理论，他被逐出工作的医院。

1861年，赛麦尔维斯将自己的理论著作《产褥热的病因、概念和预防》寄给了当时诸多知名的产科教授，但少有回应。他公开指责那些产科医生是不负责任的杀人犯，因长期心理压抑，他精神错乱，被送入精神病院强制治疗，两周后离开人世。

1881年，赛麦尔维斯的理论被证实，洗手已成为当今世界所有医院手术前的必备程序。

人类文明每一次前进闪耀的时刻正来源于此。在自己的著作中，这位逆主流而行的医生这样写道："即使我无法活着看到征服产褥热的那天，我也坚信那一幸运时刻即将到来，为此我死而无憾。"

甄语录 梦想是生命的灵魂,是心灵的灯塔,是引导人走向成功的信仰。

看,星星

口风 中

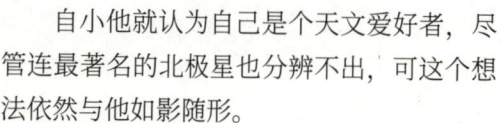

自小他就认为自己是个天文爱好者,尽管连最著名的北极星也分辨不出,可这个想法依然与他如影随形。

在很小的时候,他想要一架天文望远镜。因为他觉得作为天文爱好者,这是基本的装备。可那个时候,他还太小,这个要求无论如何都无法向父母启齿——连个普通的玩具,父母都要考虑好久才给买,更何况是这么大个儿的玩具——在父母眼里,天文望远镜就是个玩具。有那么一段时间,这个想法疯狂地侵蚀着他,每一分钟他都在想象自己有了望远镜之后可以做的事情。可是,这个想法在某天突然淡了,然后越来越淡,直至消失不见。

在没有那个想法在脑海中盘桓的日子里,他过得很愉快,毕竟是个小孩,毕竟周围还有那么多的东西可以去关注。甚至后来,他怀疑自己是否真的有过那个想法,但也只是有那么一点儿疑惑而已,因为和其他的小朋友一起玩,貌似才是更真实的生活。

生活可以毫无波澜地向前推进,即便有过涟漪,也能被时间抚平。在之后的成长中,他迷恋过风筝——不管高空低空,总之都是天空,与天有关就好。那段时间,他恨不得每天都去那片草地上放风筝,度过愉快的一整个下午。他以为这样的日子可以过好久,但是春天很快过去了,风筝被束之高阁,此后年年落灰,直到破掉烂掉也不曾再次起飞。爱好嘛,是会随着时间改变的。

可是某些东西虽然当时远离了自己,但可能只是深埋心底,某些时候又会发芽生长。尽管渴求那个天文望远镜的想法熄灭了,可天文爱好者的自诩,再一次强势地浮现于心海。夜空中有那么多星星,谁说一定要借用外物才看得见?肉眼一样可以的。此时,他的梦想变成了看一看那些天文奇观。在他眼里,最值得看并且没有看过的,是流星。那拖出一条长尾的星坠,何其壮观。可是现实总是无情,多少年过去了,他一直不曾遇到流星。后来他发现新闻会预报一些流星雨,但还是一次次地错过。而这个看流星的念头,在他心里起了又熄,熄了再起。

不知道多少年后的某天夜里,在大学校园里行走的他偶然抬头,正巧碰上一颗流星划过天际,此刻的他,圆了多少年的梦,却没有预想中的兴奋。自己这样还算是个天文爱好者吗?是否伴随自己这么多年的自诩,其实也如那流星一般,只是漫天繁星中的一个点缀,在某些时候出现一下,然后迅速消失?在漫漫人生路上,那一个个梦,一颗颗星,引导着自己不停地走下去,梦有相似,也略有不同,如那闪闪的星。流星一时没了,可还有那星海,从一个梦到另一个梦,只有这条路,属于自己。

甄语录 努力，也许从不白费，但也要步步算数。盲目用力，结果很难像想象的那么好。

徒 长
□ 程 筠

养过水仙的人都知道，冬日水仙缺少养护打理，光照不足，换水不勤，叶片看似颀长葱茏，一派欣欣向荣，初春时节却很难开花吐蕊。这，就是植物的徒长现象。

徒长，依旧是不遗余力地生长，只是这样的努力不再受欢迎了。其实，努力也是需要打理的，否则，可能会是一场徒劳。

对植物而言，向光生长，根深蒂固且枝繁叶茂，便是意义所在吗？并非如此，所有的努力都是带着预期的：刚入一盆兰草，心里悄悄等待的，是沁人心脾的幽香；刚起一畦瓜架，脑海中早早想好藤爬瓜垂的景象了。可见，植物的生长，也不一味只是萌芽抽枝，开花结果，它们需努力得不遗余力，还需努力得准确得当。

同样，漫无目的的奔跑、随心所欲的成长，对人而言，可能也是徒长。努力，也许从不白费，但也要步步都算数。盲目用力，结果很难像我们想象的那么好。并非我们不够努力，只是缺少对这份努力的打理。

甄语录 当你认清道路，尽管前路漫漫，那也会是一种幸福。

道 路
□ 洪 烛

鸟类的道路是看不见的，但仍然是道路。鸟在空中留下同样看不见的脚印，而这只有另一只鸟才能识别。

一条废弃的道路上长满荒草，但它仍然是一条道路。只不过走在上面的不是人，而是一些体重较轻的过客。

风吹过，杂草显得很匆忙：仿佛在弯腰赶路，可向前冲的力量，恰恰被迎面而来的风力抵消了。

消失于青草深处的，是我的理想。我愿意变成植物，穿上泥土做的鞋子。哪怕只是在原地踏步，也能体验到流浪的感觉。

甄语录 今天的不幸，有时预示着明天的好运。回想曾经的经历，我们不妨心存感激，然后继续努力，直到成功。

波恩的贝多芬

□顾德宁

我是晚上11点多到德国波恩的，夜色朦胧。火车站距老城很近，走过市政厅广场，我随意走进一条小街，按了一家旅社的门铃，值班大妈给我钥匙，我洗洗睡了。第二天，我问大妈："贝多芬故居怎么走？"她乐了，告诉我："对门就是。"

这是一栋三层楼的普通民居，进去才知道，这座其貌不扬和内部局促的房子只有少部分属于贝多芬故居。

1889年，贝多芬故居要被拆掉，波恩的12位市民成立了贝多芬故居协会，买下了包括贝多芬故居在内的两栋楼，连通后，建立了贝多芬故居纪念博物馆。

罗曼·罗兰在《贝多芬传》里写道："一个不幸的人，贫穷、残疾、孤独，由痛苦造成的人，世界不给他欢乐，他却创造了欢乐来给予世界！"这说法大体不错，可我有疑问：从人生中得不到欢乐的人真会给人类带来欢乐？我在贝多芬故居参观半日，有了答案，事实上，至少在波恩，贝多芬的欢乐并不少。

贝多芬的父亲是一个粗暴而酗酒的宫廷乐队歌手，母亲是女仆，家境贫寒。贝多芬4岁就在父亲的拳头下学琴，11岁开始加入乐队挣钱养家。

以色列作家奥兹说："我的童年是悲剧性的，但是一点儿都不悲惨。相反，我拥有一个丰富、迷人的童年，尽管我为此付出高昂的代价。"这些悖论性的东西也发生在贝多芬身上。在第二展室，我看到一张1778年3月26日的音乐会的广告，这是贝多芬最早的公演证明，那时他才8岁。第五展室有一个演奏台，贝多芬从10岁起就在这上面演奏教堂的管风琴。父亲逼他学琴很粗暴，自小养家糊口很辛苦，可贝多芬也表现出了对音乐的酷爱，并由此展示和发现了自己惊人的音乐天赋，从中获得满足、骄傲和快乐。

贝多芬在22岁离开波恩到维也纳，直到1827年3月26日去世，他都再没有回到故乡，可他对波恩"永远保持着一种温柔而凄凉的回忆"。

"我的故乡，我出生的美丽的地方，在我眼前始终是那样美。"贝多芬对故乡的深情，寄托着他对故乡亲人、友人和山水的怀念，也是对童年和青少年欢乐的回忆。

贝多芬热爱他的母亲，因有这样仁慈的妈妈而感到"谁又比我更幸福"。在波恩，他还有真挚的友情。第四展室介绍的布罗伊宁一家，对贝多芬的成长与发展有很大的影响。贝多芬教小他两岁的布罗伊宁弹琴读诗，少男少女，两小无猜，亲密无间。母亲去世后，他得到布罗伊宁母亲海伦娜慈母般的关爱和教育。贝多芬与布罗伊宁及她的丈夫——韦格勒医生保持了一生恬静的友谊，全世界熟知的"我要扼住命运的咽喉"就是写在给他们的信中。展室还有当年他离开故乡时，波恩的朋友赠送的留念册，其中有瓦尔德施泰因的著名题词："通过您不懈的勤奋努力，您会经海顿之手而获得莫扎特的精髓。"后来，贝多芬为他献上了"瓦尔德施泰因奏鸣曲，奏鸣曲第53号"，即《黎明》。

贝多芬写过："世界上没有人像我这样爱田野。"他打小就酷爱大自然，爱花草树木，爱莺歌燕舞，爱高山流水，野外徒步是他的最爱，波恩美丽的自然风光给他带来许多愉悦，一生难忘。他写过："莱茵流域没有一个地方比细腻的波恩更美、更雄壮、更温柔的了。"波恩是德国古城，欧洲名城。我在此逛了两日，移步是景，宫殿一样的波恩大学、鲜花盛开的莱茵河畔、高耸的城堡和教堂、丰富的博物馆和金色的市政厅。1796年，"耳聋已开始了它的酷刑"，因此贝多芬的全部作品可以说都是在他耳聋后写的，其中好听的风声、雨声、雷声、鸟鸣、花开花落、小溪流水、人间喧哗和莱茵歌谣应该都来自他在波恩的欢乐记忆。他的"第一交响曲"清澈如水，就是对故乡莱茵河梦幻美景的歌颂。

有人说，贝多芬集一生苦难向人类奉献了最后一个作品——《第九交响曲》，也称《欢乐颂》。我以为，《欢乐颂》也凝聚了他的所有人生欢乐，而这欢乐的源头一定来自波恩。

甄语录 如果每一朵花和每一棵小草只会等待，那么春天将永远不会到来。

春天等不来

□ [俄] 列夫·托尔斯泰　译/王志耕

"是呀，假如人们当时都明白这是坏事而不该去做的话，事情本来不至于如此。"人们在谈起生活中的恶时，常常这样说。

设想一下，一个人放弃作恶，拒绝参与恶行——这对共同的事业、对大家的生活能产生什么影响？人们生活的改变要靠全社会参与，只靠个体是不行的。

不错，一只燕子带不来春天。但难道因为一只燕子带不来春天，这只已感受到春天即将来临的燕子就不再飞翔，而只是坐等吗？

如果每一朵花和每一棵小草都这样等待，那么春天将永远不会到来。

甄语录 来到人生的岩壁面前，想要继续向前，我们唯一能做的，就是鼓励自己迈出第一步。

人生的攀岩模式

□伯 凡

越来越多的人希望自己能找到成功的法门，而那些站在台前的成功者似乎是最好的学习对象，倘若能够掌握他们成功的秘诀，那么多快好省地走向成功将不再是一件难事。

但其实，人们对成功有很大的误解。美国企业家埃里克·里斯在《精益创业》一书中通过举例来解释成功的真正构成。他说在拍摄一部关于创业的电影时，大部分人会拍公司所谓光彩的5%的事情——什么时候创立、什么时候赢得投资、什么时候发生重大决策转变……以此来描述创业成功的过程；而主人公如何建立团队，如何伏案工作，如何夜以继日地开会，却只在几分钟的片段中草草带过。

埃里克指出，真正决定企业成功的工作正是发生在这几分钟的片段之中。但它实在太过乏味，因而没有在故事中出现。

我们在看待别人的成功时，很容易忽略他们前期漫长的准备和经历，以为只要掌握成功的几个方法要素，就可以像乘坐电梯一样瞬间麻雀变凤凰。但真实的人生不是这样的，人生并不是所谓的有一个决策，一项突出的能力或是有一个好的机遇就能简简单单决定的，它不是乘坐电梯，而更像是一场攀岩。

想象一下攀岩的过程：攀岩者沿着陡峭的岩壁攀上了悬崖顶，这可以说是一个"奇迹"，但在创造这个"奇迹"的过程中，没有也不可能有什么奇招。对攀岩者来说，每个时刻都是决定性的，每一个抓手都需要我们认真地对待。

攀岩才是我们人生真正的状态，在光鲜亮丽的成功背后，是人们日复一日枯燥的、艰难的、执着的努力与坚持。在这个过程中，任何花招和取巧都是没有用的，真正需要的是勇气、坚韧和沉着。

那些妄图找到"电梯"的人，便只能一辈子都匍匐在山脚下。因为他们寻找的机遇往往不在山脚下，而是在岩壁的上方。《牧羊少年奇幻之旅》里有这样一句话："当你专心致志去做事情的时候，整个宇宙都会聚过来帮助你。"所有的机会都是一种"隐性供给"，在不断努力追逐目标的过程中，自身会随着能力的提升生发出更多可能。

和岩壁较劲的人生模式听起来总是有些沉重，需要我们忍受乏味、战胜恐惧、解决一个又一个难题，才能逐渐逼近自己心目中成功的山顶，不禁让人望而却步。但事实上，这种艰难往往只是在起步阶段比较明显,如果能够坚持下去,就会有不一样的感受和发现。

想象在我们面前的1米高处有一个巨大的飞轮:它水平地安装在轮轴上,直径9米,厚度0.5米,重2吨。你的任务是推动这个飞轮不停地转动。刚开始轮子是静止的,对人们来说,立即让轮子转动起来是不可能的,往往要费九牛二虎之力,才能让飞轮移动一丁点儿。但是如果你没有放弃,继续使劲地推,两天之后你会发现,轮子转了一整圈,并且速度比起步时稍稍快了点。

这时轮子还是没有稳定地转动起来,但如果你继续坚持下去,转机就会慢慢出现,飞轮会越转越快,直到达到某一临界点,飞轮转动的惯性就会成为推动力的一部分。这时,你无须再像一开始花费那样巨大的力气,就可以让飞轮转动起来。

这就是所谓的"飞轮效应":尽管起步时的静摩擦力非常之大,但只要坚持下去,就会发现后面的过程远没有我们想象中那么艰难。我们在人生的攀岩中也是如此,在不断向上的过程中,我们的技巧会更加精进、肌肉也会越来越发达,攀岩对我们来说会越来越轻松。

这个过程难就难在我们需要克服起步时的巨大静摩擦力。

站在令人恐惧的岩壁面前,我们唯一能做的就是鼓励自己去迈出第一步、第二步、第三步……坚持下去,不用多久你就会发现,在起步时的静摩擦力消失之后,不仅痛苦的状态会慢慢淡化,人生也会柳暗花明,出现巨大的转机。🌱

甄语录 人生有悲剧才算人生。对于成败,能冷眼看待,方值得由衷的惊赞。

悲 剧

□朱光潜

悲剧也就是人生一种缺陷。它好比洪涛巨浪,令人在平凡中见出庄严,在黑暗中见出光彩。

假如荆轲真正刺中秦始皇,林黛玉真正嫁了贾宝玉,也不过闹个平凡收场,哪得叫千载以后的人唏嘘赞叹?以李太白那样天才,偏要和江淹戏弄笔墨,做了一篇《拟恨赋》,和《上韩荆州书》一样庸俗无味。毛声山评《琵琶记》,说他有意要做"补天石"传奇十种,把古今几件悲剧都改个快活收场,他没有实行,总算是一件幸事。

人生本来要有悲剧才能算人生,你偏想把它一笔勾销,不说你勾销不去,就是勾销去了,人生反更索然寡趣。所以我无论站在前台或站在后台时,对于失败,对于罪孽,对于殃咎,都是一副冷眼看待,都是用一个热心惊赞。🌱

甄语录 一个有才能的人，会在工作中感到高度的快乐。

我是一名机场驱鸟员

□ 飞鸟各投林

在成为一名机场驱鸟员之前，我学的是野生动物保护专业，当初的毕业论文是关于鸟类保护。入职后，虽然每天都跟鸟类打交道，但一切似乎都颠倒过来了——我的工作重心不再是保护鸟，而是驱赶、捕捉，甚至将枪口"瞄准"它们。

鸟类本应该在蓝天自由地翱翔，但一类区域除外，这就是机场。巨大的飞机害怕小鸟的撞击，因为飞机的飞行速度很快，和小鸟相撞就如同被一颗小炮弹击中，非常危险。要是撞在关键性结构上，很可能当场机毁人亡。此外，飞机发动机工作时，需要大量吸入空气，如果把小鸟吸进去，可能会导致故障，后果将非常严重。当然，小鸟也害怕飞机，很多鸟儿还没有学会如何躲避飞机。而撞击的后果又是惨痛的——这些不幸的鸟往往会付出生命的代价。

我们驱赶鸟类的方法五花八门，例如播放各种声音，像是鸟类惨叫的声音、天敌的声音、驱鸟超声波，放鞭炮、敲锣打鼓也算，闹出的动静越大，驱鸟效果越好；有时则是在机场放置仿真人、驱鸟彩旗、风动驱鸟器、驱鸟风筝，还有激光驱鸟器。有的机场还训练牧羊犬驱鸟、猎鹰驱鸟，甚至有猴子掏鸟窝的，各种奇葩的招数都想得出来。

近些年，从生态角度驱鸟的手段越来越多。这和我当初在学校学习的"如何给鸟儿创造良好的生存环境"恰恰相反，我们要把机场附近的绿地改造成最不适合鸟类栖息的模样。比如填平草地上吸引鸟类的水塘；清除鸟类的食源植物；翻耕土地，再种植不吸引鸟类的植物。

我工作的伊宁机场就种植了1000亩薰衣草田。薰衣草富含樟脑、芳樟醇、芳樟酯等成分，能够有效地驱虫、防鼠，减少鸟类的食物源。

用声音来驱鸟只是吓唬了它们一下，鸟类发现威胁好像不太大以后，可能还会再回来；但被拦鸟网缠住的经历，可能会令鸟儿意识到机场确实是个危险的场所。拦鸟网还有一个很大的优势——安静不扰民，因此，它是大部分机场必备的驱鸟"神器"，也是唯一有民航局相关规章的驱鸟设备。可是对鸟儿来说，安静的拦鸟网是最难缠的，甚至是致命的。

拦鸟网薄薄一层，快速飞行的鸟类难以察觉和躲避，一旦撞到网上，细细的网丝便会缠住它们的羽翼、爪子和喙部，越是挣扎，缠得越紧、越复杂。任凭飞行技巧再高，速度再快，不管是猛禽还是小鸟，也不分国家重点保护动物还是一只叽叽喳喳的普通麻雀，碰到拦鸟网都没有办法。"鸟网"恢恢，疏而不漏。被拦鸟网缠住的鸟，只能在煎熬之中等待死亡的降临。

我们虽然名为"驱鸟员"，每天都在千方百计地驱赶鸟类，但从根本上说，保证人和鸟双方的安全，才是我们的初衷。因此，我和同事们每天都要一遍一遍地巡视、检查拦鸟网，生怕漏掉一个需要被救助的空中精灵。

救下来的鸟儿，放飞后依然有可能再次误入机场，引发我们不愿见到的后果。所以，我们通常选择在远离机场跑道的地方放生，这样它们再次飞回机场的概率就小一些了吧。

作为驱鸟员，如果只是单纯地按照规章制度驱鸟赶鸟，的确会有些辛苦和枯燥。而一旦有了目标，比如救助更多的鸟类，驱鸟员这份工作还是很有成就感的。受困的鸟能够重新飞上蓝天，旅客们也能安全地起飞、降落，我就心满意足了。

甄语录 如果你珍惜生命，就不必因为小的苦恼而厌倦生活。

泥沙俱下的生活

□毕淑敏

有年轻人问，对生活，你有没有产生过厌倦？

说心里话，我是一个从本质上对生命持悲观态度的人，但对生活，基本上没产生过厌倦。这好像是矛盾的两极，骨子里其实相通。也许因为青年时代，在对世界的感知还混混沌沌的时候，我就毫无准备地抵达了海拔五千米的藏北高原。猝不及防中，灵魂经历了大的恐惧、大的悲伤。心情平复之后，也就有了对一般厌倦的定力。面对防不胜防的高寒缺氧、无穷无尽的冰川雪岭，你无法抗拒"人是多么渺小、生命是多么孤单"这副铁枷。你有一千种可能性会死，比如雪崩，比如坠崖，比如高原肺水肿，比如急性心力衰竭，比如战死疆场，比如车祸、枪伤……但你仍在苦难的夹缝当中完整地活着。而且，只要你不打算立即结束自己的生命，就得继续活下去。

愁云惨淡、畏畏缩缩的是活，昂扬快乐、兴致勃勃的也是活。我权衡利弊，觉得还是取后一种活法比较适宜。不单是自我感觉稍显愉快，且让他人（起码是父母）也较为安宁。就像得过严重的水痘，对类似的疾病就有了抗体。从那以后，一般的颓丧都无法击倒我。

我明白日常生活的核心，其实是如何善待每个人仅此一次的生命。如果你珍惜生命，就不必因为小的苦恼而厌倦生活。因为泥沙俱下、并不完美的生活，正是组成宝贵生命的原材料。

甄语录 我们往往努力追求安全、舒适，但不要忘记，野地里蕴含着这个世界的救赎。

太多的安全
有时会带来危险

□ [美] 阿尔多·李奥帕德

一声深沉、发自肺腑的嚎叫在各个悬崖之间回响，然后滚落山下，隐入夜晚遥远的黑暗之中。那叫喊爆发出一种狂野、反抗性的悲愁，爆发出对世上一切逆境的蔑视。

一切活着的生物（也许包括许多死者）都留心倾听那声音。对鹿而言，它提醒它们死亡近在咫尺；对松树而言，它预测了午夜的格斗和雪上的血迹；对郊狼而言，那是一种有残肉可食的应许；对牧牛者而言，那是银行账户透支的威胁；对猎人而言，那是獠牙对子弹的挑战。然而在这些明显而迫近的希望和恐惧之后，藏着一个更深奥的意义：只有山知道这个意义，只有山活得够久，可以客观地聆听狼的嗥叫。

无法理解那声音中所隐藏的意义者，仍知道它就在那儿，因为在整个狼群出没的地区都可以感觉到它，而且它使得这儿有别于其他地区。所有在夜晚听见狼嗥者，或者所有在白天察看狼之足迹者，都可以感到隐约有股寒意袭上背脊。即使没有看见狼或听见狼叫，许多小事件也暗示着它们的存在：一匹驮货之马半夜的嘶叫、石头刺耳的滚动声、一只逃命之鹿的跳跃……只有不堪造就的新手才察觉不出是否有狼，或无法察觉山对狼怀有秘密的看法。

我对这一点的坚信不疑，要追溯到我看见一只狼死去的那一天。

那时，我们正在一个高耸的悬崖上吃午餐，一条汹涌澎湃的河流在悬崖下推进着。我们原以为看见了一只胸部浸在白色水花之中，正涉水渡过急流的鹿，当它爬上岸，朝我们走来，并且甩动着尾巴时，我们才明白我们错了：那是一只狼。另外六只显然已长大的小狼从柳树丛里跳出来，一起摇摆尾巴，同时嬉戏着相互殴打，以示欢迎。所以我们的确看到一群狼，在悬崖下一个空旷的平地中央打滚。

在那些日子里，没有人会放弃一个杀狼的机会。瞬间，子弹已经射入狼群里，但是我们太兴奋了，无法瞄准：我们总是搞不清楚如何以这么陡的角度往下射击。当我们用完了来福枪里的子弹时，老狼倒下来了，另外有一只狼拖着一条腿，进入山崩造成的一堆人类无法通行的岩石堆里。

我们来到老狼面前时，看见它眼睛里凶狠的绿火正渐渐熄灭。自那时起，我明白了，那只眼睛里有某种我前所未见的东西——某种只有狼和山知道的东西。我当时年轻气盛，动不动就手痒，想扣扳机；我以为狼的减少意味着鹿会增多，因此狼的消失便意味着猎人的天堂。但是，在看到那绿色的火焰熄灭后，我明白狼和山都不会同意这个想法。

自此，我看到各州不断地扑灭狼，看到许多刚刚失去狼的山的面貌，看到向南的斜坡出现许多鹿刚踩出来的纷乱小径。我看到每一株可食的灌木和幼木都被鹿啃去细枝和嫩叶，然后衰弱不振，不久便死亡。我也看到每一棵可食的树，在马鞍头高度以下的叶子都被鹿吃得精光。看到这样的一座山，你会以为有人送给上帝一把新的大剪刀，叫他成天只修剪树木，不做其他事情。到了最后，人们期望的鹿群因为数量过于庞大而饿死了，它们的骨头和死去的鼠尾草一起变白，或者在成排的只有高处长有叶子的刺柏下腐朽。

现在我猜想：就像鹿群活在对狼的极度恐慌之中，山也活在对鹿群的极度恐慌之中；而或许山的惧怕有更充分的理由，因为一只公鹿被狼杀死了，两三年后便会有另一只公鹿取而代之；然而，一座被过多的鹿摧毁的山脉，可能几十年也无法恢复原貌。

牛的情况也是如此。牧牛人除去了牧场的狼，却不明白自己正在接收狼的一项工作：削减牛群的数量，以适应牧场的大小。他没有学会像山那样思考，因此，干旱尘暴区便出现了，而河流将我们的未来冲入大海里。

我们都在努力追求安全、舒适、长寿，以及单调的生活。鹿用柔软的腿追求，牧牛人用陷阱和毒药，而大多数人则用机器和钱。在这方面获得某种程度的成功是很好的，而且或许是客观思考的必要条件。然而，就长远来看，太多的安全似乎只会带来危险。当梭罗说"野地里蕴含着这个世界的救赎"时，或许他正暗示着这一点。或许这就是狼的嗥叫所隐藏的意义；山早就明白了这个意义，只是大多数人仍然不明白。

甄语录 聪明过头了，才是真的愚痴。

真　痴

□王德峰

蒲松龄的《聊斋志异》中，故事《阿宝》的主人公叫孙子楚。他天性很痴，痴呆、痴傻，当然不是智商低的那个痴傻，而是专注、执着。这个人最后有一个好结局：他娶了心爱的美女阿宝，拥有万贯家财，坐得高官显位，还曾一度死而复生。

在故事的结尾，蒲松龄评论说："性痴则其志凝，故书痴者文必工，艺痴者技必良，世之落拓而无成者，皆自谓不痴者也。以是知慧黠而过，乃是真痴。"意思是，痴情的人意志十分专注，所以书痴的文章一定很高明，艺痴的技术一定精良，世上那些落拓无成的人，都是自以为不痴的聪明人。由此可见，聪明过头了，才是真的愚痴。

> **甄语录** 当你勇于奉献，你会在奉献中获得新的生命。

"三无"数学家保罗·埃尔德什

□ 顾静怡

在数学王国中，保罗·埃尔德什绝对是最怪的奇才。他是1984年沃尔夫奖获得者，在离散数学领域取得的成就无可比拟。他的一生犹如闲云野鹤。无财产、无妻小、无固定居所，被称为"三无"数学家。

1913年，埃尔德什出生在布达佩斯。他天生喜欢数学，是那种极具数学天赋的天才。3岁时，当别的小孩还在拖着鼻涕蹒跚着向父母撒娇的时候，他已经无师自通地学会解算3位数的乘法，更让人惊讶的是，4岁时他还独自发现了负数。在埃尔德什心里，"数"是上天赐给他的快乐。

埃尔德什徜徉在数学王国里。大学一年级，他用比前人更简单的方法重新给了贝特兰猜想一个初等证明。有人评价："同样是移栽一枝蔷薇，有人用的是铲车，而埃尔德什只用汤勺就做到了。"大学二年级，他进一步将贝特兰猜想推广到其他算术级数中。1934年，他又将贝特兰猜想作为博士论文发表了。埃尔德什在数学领域受到了广泛的关注，柏林大学著名数学家舒尔更是称他为"布达佩斯的魔术师"。

1938年，埃尔德什成为普林斯顿高等研究所的一员，与伟大的物理学家和数学家爱因斯坦、歌德尔、奥本海默等一起工作，开始了漫长的数学生涯。他把自己的时间最大限度地用于数学，心里唯一牵挂的就是他的数学笔记本。他总是随身带着笔记本，随时记录自己的数学灵感，一生写满了10本数学笔记。

20世纪50年代后期他开始了旅行般的生活。他犹如闲云野鹤，没有固定住所，成了一位在世界各地巡回访问的学者。在60多年的数学生涯中，他随身带着两件旧行囊，不停地奔波在"数"的旅途上，过着"流浪"的生活。他永无休止地寻求着数学妙题和数学知己，以疯狂的速度探访着一个又一个数学家，与他们一起工作，合写论文，很少在一个地方待一个星期以上。

然而，因为"为人笨拙，不循常规"，埃尔德什的薪水很低，可他一点儿也不在乎。他把仅有的津贴和薪酬都给了亲友、同事、学生甚至是陌生人。每次在街头遇到流浪汉，他都倾囊相助，自己却过着苦行僧般的生活。他把自己的猜想和真知灼见与其他数学家分享，对数学界经常会发生的成果优先权之争却从不放在心上。

无固定住所、无财产之外，也无妻小。

埃尔德什简直就是为数学而生。他不断地证明各种各样的"数"的猜想，可以不停地喝浓咖啡，可以一天连续19个小时不睡觉。他会在凌晨5点钟打电话给同事，为的只是分享数学结果。他还会在凌晨4点半跑到厨房把锅碗瓢盆弄得叮叮当当一片哗然，目的就是提醒同伴们起床工作。

埃尔德什除了"数"，对任何问题都不感兴趣。由于长期过度用眼，他的一只眼睛失明了，医生告诉他唯一的办法就是等待角膜移植。一天，埃尔德什坐在飞机上，等待飞机起飞去国外做演讲。这时医生通知他合适的眼角膜捐赠者已经找到，需要他马上去医院做角膜移植手术。埃尔德什不愿意放弃演讲，觉得数学比眼睛更重要。然而，角膜移植不能等。在大家的再三劝说之下，他才不情不愿地下了飞机。谁知进了手术室，当医生把灯光调暗准备手术时，他又闹起来了。理由是一只眼睛手术，另一只眼睛照样可以看书。实在拗不过他，最终医生只能在他和另一位数学家的讨论中完成了角膜移植手术。

他把一切都奉献给了发现数学真理，把在不同的数学领域与大量合作者发表的1475篇高水平的学术论文留给了后人。因为在他心里，数学才是他一生的财富。

甄语录 命运会无数次击倒我们，但不会是每一次。

从来没有赢过的拳击手

□刘 按

作为一个从来没有赢过的拳击手，他净挨揍了。他参加比赛128场，127场被击倒，另外一场因为自己体力不支，他打到中途突然昏过去。

可以说，在挨揍这件事上，他有着非常丰富的经验。

虽然没有赢过，但是他发现自己的抗击打能力越来越强。最开始，他总是一上来就被击倒，很少挺过第一回合。

后来，他可以坚持到第二回合才被击倒，他躺在拳台上流下了激动的泪水。

又过了几个月，他终于可以坚持到第三回合。

就这样，输了十几年后，他已经能够坚持到第十回合以后才被击倒。无论对手多强，他都能够最少挺十个回合，这为他赢得了观众与同行的尊重。

一个被揍了十几年的拳击手，他脸上的任何一块肌肉，都被反反复复地揍过。无数的拳头像雨点一样砸在他的脸上，直到有一天，他对拳头不再恐惧，而是渴望。

甄语录 很多时候，只有专注于当下，我们才能成为最好的自己。

迎接未来的最好方法

口艾 静

　　1871年的春天，阳光倾洒在茂密的树木上，风华正茂的威廉·奥斯勒坐在树下，捧着一本书阅读着。此时奥斯勒是蒙特利尔综合医院医学专业的学生，他的心里充满忧虑：怎样才能通过期末考试？每天该怎样度过？将来是否开一家诊所？怎样才能过得更好？他对未来感到非常迷茫，书中的一句话映入眼帘："最重要的是，不要去看远处模糊的事，而要去做手边清楚的事。"这是苏格兰史学家汤姆斯·卡莱尔所写的一段话。奥斯勒读后豁然开朗。这句话使他成为闻名遐迩的医生，是他一生的座右铭。后来，奥斯勒创建了闻名全球的约翰·霍普金斯医学院，还被英王封为爵士。

　　42年后，一个春天的夜晚，郁金香的阵阵馨香弥漫校园。耶鲁大学的莘莘学子在听奥斯勒演讲。他向学生们传授成功秘诀："几个月前，我曾乘坐一艘很大的海轮横渡大西洋。我注意到，船长站在驾驶舱里按了一个按钮，在一阵机器运转的响声后，船的几个部分就立刻被隔成了几个防水的隔舱。"讲到这里，他感悟到了一个道理，深有感触地对学生们说："在座的每一个人，只有恪守'活在今天的方格中'，才能在航行中确保安全。就像这驾驶舱，按下一个按钮，用铁门把过去隔断，隔断逝去的昨天，再按下另一个按钮，用铁门把未来隔断，隔断未知的未来，然后，你定格在今天，你就不会负重而行，明天的重担和昨日的负荷，要在今天一起背负，再坚强的人也会胆怯。"

　　他激动地说："集中所有的智慧，聚焦所有的热忱，把今天的工作做得尽善尽美，这就是迎接未来的最好方法。"

　　确实，很多时候，只有专注于当下，你才能成为最好的你。

感受生活的温度，内心有力量更要很柔软

甄语录 只要有声音，它就可以一点点变大，直到越发响亮，足以引人注目。

一粒谷子落下的声音

□［美］何赛·雷迪亚　译/乔凯凯

我出生在费耶特维尔的一个小镇上。从小，我跟着我的父母在一个农场里长大。噢，请不要误会，我的父母并不是农场主，他们只是在替农场主做工。他们的工作非常辛苦，但是赚来的钱只够我们穿最廉价的衣服和鞋子，餐桌上也只有发硬的黑面包。

六七岁时，父母决定把我送到镇上的一所学校上课。得知这个消息，我非常高兴：终于可以离开农场，不用再每天帮父母运送沉重的稻谷了。但很快我就意识到，学校比农场更让人生厌，甚至令人恐惧。

不知道为什么，同学们都不愿意和我一起玩儿，每次看见我都躲得远远的，好像担心我身上的稻草屑会弄脏他们的衣服。大个头威廉甚至在全班同学面前笑着说："雷迪亚身上的衣服太奇怪了，简直就像一个麻袋，还是一个烂了窟窿的麻袋。"同学们都大笑起来，我用手遮挡住衣服上的破洞，默默地坐在座位上。是的，我没有反驳。威廉说的是事实，而且更令人难堪的是，我知道不管我说什么，都没有人理睬。

回到农场后，我站在父亲身边，向他提出了退学的要求。父亲正在收割稻谷，他毫不犹豫地回绝了。"不可能，雷迪亚，我不允许这样的事情发生。"父亲很冷静，好像在陈述一个无比正确的事实。这时，一粒谷子从谷穗上掉落下来，静静地落在我的脚边。我突然激动起来，大声说："我讨厌那个地方！你知道吗？我就像一粒微小的谷子，落下来也不会发出任何声音。"

父亲没有说话，他打开身边的麻袋，用双手捧了满满的谷子，然后摊开手，任那些谷子撒落下来，当它们落在地上时，发出了"沙沙"的声音。父亲看着我说："你说一粒谷子落下不会有任何声音，但是现在成百上千的谷子落下就有了声音。那么，众多的'无'是怎么创造出'有'的呢？这不是很荒谬吗！"

"我不知道……这是为什么？"我疑惑地问。父亲笑了笑说："很显然，这并不是无中生有，而是从小到大。一粒谷子落下也会有声音，只是它很微小，也许人们没有在意，也许周围环境非常嘈杂，也许它太小，不足以让人们听见。但不管怎样，不能否定它落下时有声音发出来。只要有声音，那么，它就可以一点点变大，直到发出响亮的、足以引人注意的声音。"

那天下午，我和父亲蹲在地上，捡了很长时间的谷子。但我很庆幸，因为我有一位优秀的父亲，他让我听到了一粒谷子落下来的声音。而后来的事实证明，父亲没说错，我终于发出了足以引人注意的声音。

> **甄语录** 它们从不招惹是非，只管随时光缓慢流淌，缓慢腐朽，对生命好似早有彻悟。

和一堆木头坐在一起

□ 雨 山

堆在墙根儿，一声不吭的，是木头。

是槐木？枣木？榆木？梧桐木？目前已经无法判断它们的出身和名字。这缘于它们被肢解，被风吹，被暑气和寒气浸润，被岁月染上了一种无名的黑灰色。可以想象，老鼠曾经从它们身下钻过，甚至一点点啃咬它们的躯体，鸡和麻雀曾经在它们身上踩踏，留下一层层干硬的粪便。这些年，它们用沉默战胜了一切。

木头在沉默中老去，它们在月光下一遍遍地回想当年的生命历程，那样的站立和伸展，那样的绿和生机，还有那样有趣的四季轮回，仿佛都是无法用年轮书写的秘密，更是一种不可名状的甜蜜。五年，十年，二十年……冬夜里的雪花落在木头上，秋夜里的白月光躺在木头上，夏夜里的虫鸣贴在木头上，春夜里的雨丝洒在木头上，这是木头的文艺范儿，更是小院的诗意。你若不是拥有孤独，万万不会看到，不会感受到。

没有火，没有烟火气，是不是木头的幸运？答案只有木头知道。或者说，从灶房不再需要用草木生火那一年开始，木头有过什么心路历程？答案只有木头知道。"嗟乎！草木无情，有时飘零。"宋代欧阳修在《秋声赋》里用草木做陪衬，劝万物之中最有灵性的人少忧少争少怨。木头呢？无语亦无欲，它们从不招惹是非，是小院里最朴素最内敛最通达之物，只管随时光缓慢流淌，缓慢腐朽，对生命好似早有彻悟。

我在新年到来之际，在故乡，在熟悉的小院里，偶然看到东墙根下那些似在沉睡的木头。看到它们，我才看到久远的袅袅炊烟，看到年轻的母亲忙碌的身影，看到一个孩子在灶房里守着一堆火，火光映红了他的脸。原来，美好的记忆也可以储存在这里。

"瞧，这些烂木头！"没有人会这么说。除非他十指不沾阳春水，除非他不懂得草木之美。种过树，爬过树，目睹过一棵树在木匠手里变成橱柜、床、凳子、桌子，用木柴烧过火，做过饭，我对木头有自己的理解，它们同样有灵性，即便是和大地、天空没有了深入的联系。

人生到处知何似？苏东坡说："应似飞鸿踏雪泥。"那泥上偶然留有指爪的印迹，飞鸿不管，继续飞，飞往东飞往西，飞往南飞往北。从一粒种子或一根枝条开始，到扎根或迁移，从挺立到倒下，从潮湿到干枯，树木，也似飞鸿一般，成材不成材的，变换着身份，最后成为一截一截的废弃木头，装满记忆。

现在，我和一堆木头坐在一起，相对无语，等待下一个春天，等待下一个等待。

甄语录 一个精神灿烂的人，可以活成一座花园；一个精神灿烂的群体，可以活成一种传奇。

精神灿烂

□ 张丽钧

凡清代画家石涛看得上眼的书画，定然符合他给出的一个标准，那就是——"精神灿烂"。

自打这个词语植入我的心壤，我发现自己几乎依赖上了这种表达。看到一株树生得蓬勃，便夸它"精神灿烂"；看到一枝花开得忘情，也赞它"精神灿烂"；在厨房的角落，惊喜地发现一棵被遗忘的葱居然自顾自地挺出了一个娇嫩花苞，也慨然颂之"精神灿烂"。

在清末绣娘沈寿的艺术馆，驻足精美绝伦的绣品前，我一下子就明白了，为何这个女子能让一代巨贾张謇为她写出"因君强饭我加餐"的浓情诗句，她将灿烂之情交付针线，那细密的针脚里，摇曳着她饱满多姿的生命。她锦绣的心思，炫动烂漫，无人能及。

学校的走廊里挂着一些老照片，尤爱其中一幅，青年学生在文艺会演中夺了奖，带着夸张的妆容，在镜头前由衷地、卖力地笑。我相信，每一个从这幅照片前经过的人，不管揣了怎样沉沉的心事，都会被那笑的洪流不由分说地裹挟了，让自己的心也跟着泛起一朵欢悦的浪花。

美国著名插画家"塔莎奶奶"最欣赏萧伯纳的一句话："只有年少时拥有年轻，是件可怕的事。"为了让"年轻"永驻，她不惜花费30年的光阴，在荒野上建成了鲜花盛开的美丽农庄。她守着如花的生命，怀着如花的心情，把每一个平凡的日子都过成美妙童话。满脸皱纹如菊、双手青筋如虬的她，扎着俏丽的小花巾，穿着素色布裙，赤着脚，修剪草坪，逗弄小狗，泛舟清溪，吟诗作画。她说，下过雪后，她喜欢去寻觅动物的足迹，她把鼹鼠的足迹比喻成"一串项链"，把小鸟的足迹比喻成"蕾丝花纹"。90多岁依然美丽优雅的女人，告诉世界，精神灿烂，可以击溃衰老。

在石涛看来，"精神灿烂"的对面，颓然站立着的是"浅薄无神"。我多么怕，怕太多的人被它巨大的阴影罩住。我们的灵魂情态，我们的生命状态，一旦陷入这样的泥淖，它所娩出的产品（无论是精神的还是物质的）定然是劣质的、速朽的，甚至是富含毒素的……

相信吧！一个精神灿烂的人，可以活成一座花园；一个精神灿烂的群体，可以活成一种传奇。

> **甄语录** 热爱，可以让重复有声有色，可以让重复风生水起。

生动的重复

□ 小 纯

一位好友抱怨说："咱们这工作可真是太单调了，三年送一届学生。一轮一轮地重复，教材熟得都倒背如流了。以后的日子，我就得三年三年地重复着过，想想都觉得没意思。"听完她的话，一位明年就要退休的老同事说："我教了一辈子书，从来不觉得单调。每一届的学生都不一样，教学过程也是丰富多变的。即使是重复曾经的教材，整个过程却完全不一样，感受也完全不一样。这是一种生动的重复，你因为熟悉才有底气，还能在此基础上富有创造性地工作。"

"生动的重复。"说得真好。其实我们每个人都在重复，工作岗位多年固定，日子周而复始，今天会重复昨天，明天重复今天。但每一天对我们来说都是新的，是鲜活的一天，都是"生动的重复"。

生活中，有这么多有趣而生动的现象，日出日落、花开花谢，看似重复，其实种种细节已经变化了。所以，即使今天我们要重复昨天的工作，也要生动地重复，让看似平淡的日子过得色香味俱全。

不由想起前段时间大家都在疯狂转载的一份烹饪大全——《八百个小炒，一天吃一个叫你吃三年》。在很多人看来，一日三餐，实在没啥新鲜的。长年累月，不过是重复一日三餐罢了。可是，有心人就能生动地重复一日三餐，每天变个新花样，吃出个活色生香来！

著名歌手蔡琴说过，《恰似你的温柔》她已经唱了八万多遍。数万次的重复，那还能唱出感情来吗？蔡琴说："能！因为我喜欢这首歌，也很享受唱这首歌，我不是无可奈何地唱，是因为热爱而唱。"

因为热爱，可以让重复有声有色，可以让重复风生水起。生动的重复，是一种创造。多少伟大的发现，都是在日复一日的重复中，忽然间灵感乍现，抓住了翩飞的创新之蝶。因为热爱，即使重复同样的工作，也会全心投入，满怀激情，每一遍都有不一样的收获。

因为热爱，日月轮回，四季变迁，才会多了更为丰富的内涵，生活的底色也会多彩而厚重。我们的生活不可能大起大落，也少有大悲大喜，更多的是重复平淡。对大多数人来说，生活的本质就是平淡。所以，尽量为生活增添斑斓色彩，让人生过程变成生动的重复。

让我们用热爱去享受生活，生动地去重复每天的日子吧！

> **甄语录** 只要还有风徐徐吹来，就会吹醒一颗又一颗沉睡的心，轻拭岁月的浮尘，让我们看清人生的过去与未来。

长腿的风什么都知道

□ 田 鑫

如果仔细听，就能听到一株草破土的声音。它弹开一块土的瞬间，是那么努力，使出了这辈子最大的劲似的。而更多的时候，我们是听不到这一切的。我们都走得太匆忙，完全忽略了一株草所具有的力量。

想听见破土的声音，还需要一场风。入冬后，人也需要一场风才能渐渐苏醒。立春一过，风开始透过渐次变薄的衣物，慢慢渗进身体，把春天、绿色、舒展、芬芳一股脑地灌进人的身体。

风让一切苏醒，当然也就掌握了一切事物的秘密。

你别不信，长腿的风什么都知道。疾风知劲草，其实，除了草，它还知道河流的一切、树的一切、村庄的一切、路的一切……甚至连城市的一切，只要它愿意，也能轻而易举地得到。

芒种前后的一天早上，我赖在床上翻手机，冷不丁听到一声"布谷"。毫无疑问，这声音来自一只布谷鸟。

别看布谷鸟叫声洪亮，其实它天生就是一个胆小鬼。我在村庄里住的时候，从来没有见过布谷鸟接近人和村庄，它们躲在成群的树中间，冷不丁一声"布谷"，你想找到它又何其难。它怎么会突然出现在城市里，并且叫这一嗓子呢？

可惜的是，在随后的很长一段时间里，这叫声再也没有出现。

我一直想弄明白它的来历，于是想到了风，肯定是它路过带着湿气的树林时，见到了这只正在啼鸣的布谷鸟。风被它吸引，但鸟是带不走的，风就把它的叫声带走了。于是，这叫声穿过草地、溪水，绕过几条土路，就到了城里。风跑累了，就把布谷鸟的叫声卸下来，留在了我的住处。

风能带来布谷鸟的叫声，就能带来它的秘密。这么想来，还有谁可以在风面前守口如瓶呢？风每到一个地方，就带走这个地方所有的秘密。秘密越来越多，风背不动了，就停下来，随意地卸下来一些。于是，我就在一个清晨，听到了一只布谷鸟的叫声。

这件事已经过去半个多月了，我还时不时想起那一声"布谷"。想它的来历，想它抵达城市的路径，想它让我听见的意图。我一度怀疑，这一道被风带来的叫声，是要启示我的，可是到底要启示我什么呢？

感受生活的温度，内心有力量更要很柔软

有一天，读陆游的《嘲布谷》，我有了找到答案的舒畅。他说："时令过清明，朝朝布谷鸣。但令春促驾，那为国催耕。红紫花枝尽，青黄麦穗成。从今可无语，倾耳舜弦声。"布谷鸟让风带来的这一声啼鸣，原来是要提醒我。

可是，它究竟在提醒我什么呢？要是在我所在的村庄，听到布谷鸟催耕的啼鸣，再懒的农户，也会开始拾掇闲了一冬的农具，但是，这一声对一个已经告别村庄、在城市生活了很多年的人来说，意义何在？

后来，我想明白了，这一声无意间被风带进城市的啼鸣，是让我记住时令，记住村庄，记住来时的路。风也是煞费苦心啊，原本以为随意卸下的一声啼鸣，却带给我如此多的思考。在我看来，不是所有的风都会为一声啼鸣或者一个人带路。相反，它们只会使劲地吹你走过的路，要么把一切吹得一干二净，要么把一切吹得乱七八糟。

我开始相信，有些记忆是风吹来的，有些记忆是被风吹走再也没有回来的。

我在万千人中走着，风吹过来的时候，还在低头赶路，想着接下来要发生的事情，丝毫没有注意到风正在向我靠近。就这样，它击中了我，我再也走不动了，站在原地。

风从来都是你第一次见到时的样子，它从来没有改变过，它就这样一直吹，把野草从嫩绿吹到枯萎，把麦芽从破土吹到抽穗……吹啊吹，吹瘦了河流，吹老了村庄，住在那里的每一个人，都不是活着活着变老的，而是被风吹老的。

一场风，把被我遗忘在过去的东西一一吹回来。风像一个庞大的黑洞，装着我们所有人的过去，每一个细节它都一一替我们保管，就等着我们来找的那一天。我抿着嘴，不断收缩着鼻孔，面朝天空使劲地吸气，可是，风中没有任何痕迹。

同样是一阵风吹拂而过，粗心的人却不曾感觉到风的提醒，不曾读懂风中传递的故事。一年四季，都有风从身边刮过，从脸颊上拂过，它们记得四季的模样，它们记得节气的秘密，它们更记得所有事物的故事……

你可曾试着读懂一阵风？可曾试着抓住一缕风？长腿的风送来成长的记忆，那些依然生动美妙的日子，并非一去不复返了，只要还有风徐徐吹来，就会吹醒一季又一季的回忆，吹醒一颗又一颗沉睡的心，轻拭岁月的浮尘，让我们看清人生的过去与未来。

甄语录 在人生的道路上，如何定位自己，是每个人都要面对的问题。

最好的老师，是让所有人都明亮

□张曼菱

我的小学是昆明师范附小。聂耳，是我的校友。我的班主任叫李崇贞，教语文。李老师圆脸，短发齐颈，拢在耳后，那个年头的女性都是那样。李老师时常穿中式斜襟女装，像个利索的家庭妇女，但她那严峻的目光告诉别人，她是一位教师。

20世纪90年代，我回乡探亲，小学同学邀我去看李老师。我们一伙人冲上凤翥街昆师宿舍那熟悉的老楼，拥挤在李老师幽暗的屋子里，那欢快的心情，就像回到了小时候。

同学们让我和几位都有"业绩"的学生坐在靠近老师的一个长沙发上，记得有宝石专家，有政府官员。大家认为，李老师一定会以我们为荣。可是错了。李老师只是朝我们点一下头，接过礼物和我送给她的书，顺手放了在茶几上。她转而用关切的语调，一一询问起那些自命凡庸的同学，现在哪里，身体怎样，甚至细到工资晋级、儿女转学。她还问起一些久未露面的同学，记得他们的病和困境。

我们几个"优秀分子"一时被冷落了，都后悔坐在这孤立的位子上。我慨叹道："李老师是一点儿没变啊！"在我们心中，涌动着对她深沉的敬爱。

李老师的这些作风，我早就习惯了。

上学时，她让我早自习领读。可她进教室时从来不搭理我，而是亲切询问那些迟到的，或是没交作业的同学。

上课了，老师提问，我总是第一个举手，举得高高的，可是李老师不叫我——她从来不第一个叫我。等她把同学都叫了一圈，回答都零零落落的，才说："张曼菱，你回答吧。"我那股想出风头的心劲已经凉了，站起来，从容地把答案说出来，自感也没什么得意的。

她对我从不表示赞赏，她的态度是：你这样是你应该的，你本来就可以回答这个问题。

李老师是在我们进入五六年级的关键学年来当班主任的。开始我实在不适应。别的老师都喜欢带着几名成绩和才能突出的学生在校园里溜达，可李老师从来不给我们这样的机会，让我这自幼就"出头露面"惯了的孩子很是不爽。

我开始琢磨，她为什么不满意我？于是上课不再积极举手。可是不行，她严峻的目光盯了过来，我只得老实地举手，然而依然轮不到我先回答。可我不能松懈，松懈只会让老师更加不满意我。在她的训练下，我变得"宠辱不惊"，该怎样就怎样，老师不特别关注你，但绝不是不关注你。你就是同学

中的一员，不重要，但也不可少。

我感恩李老师，是她纠正了我人性和人格的偏差。恃才自傲是我的大敌。在人生的道路上，如何定位自己，是我永远要面对的问题。幸运的是，我的问题，早在小学时就被一位睿智的老师看出来了。

班上有个魏同学，留级生，个头大，坐后排，每天迟到，上课还打呼噜，就别提回答问题了。不要说我这样的"尖子生"目中无他，一般同学都视他为"异类"。

李老师让我们组织了一次课外活动，到郊外去野炊。魏同学被老师叫上参加。

在一条小河面前，我们被拦住了。我们沿河来回走了几趟，都找不到合适的地方过河。这时，身材高大的魏同学跳下了水。他已卷好了裤脚，可水还是淹过了他的裤子。他毫不在意，豪爽地说："来，我背你们过去。"于是，我们这些平素对他毫不在乎的骄傲的小家伙，一个个乖乖地伏在他宽厚的背上，含着一点儿惭愧。他蹚过河，细心地把我们一一放到岸上。最后一个女生终于帮他拎起了鞋子，以免他再回去取。

魏同学的热心和力量带给我们深深的震撼。从那以后，我知道，生活中的各种人都不能小视。你瞧不起的人，可能比你高大得多。

很快，我们决定发展魏同学入少先队了。他那高大的个子，戴上红领巾时有点羞涩。全校都很震惊，因为这在他原来的班里是不可能的。这是李老师的眼光。她不是让我们去帮助一名落后的学生，而是培养了他的自尊心，也纠正了我们不公正的鄙薄之心。

岁月流转，事实证明魏同学是一个值得尊敬的人。他没有上大学，而是学了厨艺。在昆明市著名的宾馆，做了掌勺大师，为来往于春城的各路嘉宾、各国元首制作国宴级的菜品。

教育的目的不是竞赛、夺冠，而是成为"人"——让每一个来路不同、天赋不一、性格各异的孩子都能正常地发展，尽可能好地度过他们的人生。

在采访西南联大老校友时，我看到他们聚会时不分贵贱，都以年级划分长幼次序。我意识到，我的小学老师给了我最纯正的学风教育。同学们在一起不应有贫富、愚智等差别。这才是教育的公平。

李老师那严峻而慈爱的目光似乎还在注视着我，让我至今仍在审视自己：老师对我还有什么地方不满意？我是不是又轻飘飘的了？她为我树立了一个高标，那不是用世俗虚名可以达到的。

甄语录 用初见的眼光和心态去观察、去倾听、去阅读、去思考，一定不断会有新的发现。

学会拥有黎明的感觉

□ 钱理群

做任何事，刻苦的结语常常是两个字：及格；兴趣的结语常常也是两个字：出色。

高中毕业的时候，我在学习经验会上有个发言，令我至今难忘，因为它照亮了我的一生。当时我说："学习最重要的是要有兴趣，要把上的每一堂课都当作精神享受，学习就是探险的过程，每一次上课都会发现新大陆，要带着好奇心，怀着一种期待甚至神秘感，走进课堂。"这可以说是我的第一个独立的学习观、读书观，后来发展成为我的研究观和我对学术工作的基本理解与信念。

这就是我这些年来经常说的，读书、学习、研究，本质上就是对未知世界的"发现"。这里有一个我和世界的认知关系问题。世界是无限丰富的，我作为一个生命个体所掌握的世界知识是有限的，还有许多未知的世界等着我去认识，我的认识能力是有限的，同时是无限的，充满对未知世界的期待和好奇。学术研究所面对的就是一个未知世界，我对它充满期待与好奇。正是这种期待、好奇产生学习、探索的热情和冲动，这是一切创造性的学习、研究、劳动的原动力。

我们所说的学术研究中的发现，不仅是对研究对象的发现，更是一种自我发现，因此就会产生自我生命的升华：学术研究的美妙之处就在这里。

怎样使自己始终处在探讨、发现的状态，并由此获得永恒的快乐？这是我的人生道路、研究生涯中必须面对的问题。在这里我想介绍林庚先生的一个观点及其对我的影响。那是1984年左右，我刚留校做助教，严家炎老师是系主任，他提出举办学术讲座，请中文系已经退休的老师，来做最后的公开演讲，让我做具体组织工作。于是我就请来了吴组缃、林庚、王瑶、朱德熙等一流的北大中文系教授，那真是一次辉煌的"演出"。

我记得林先生做了非常认真的准备，几易其稿。那一天，他的穿着看似朴素，但是很美，很有风度，他一站在讲台上，那种说不出的风度，就把大家镇住了。讲完以后，走出教室，他几乎要倒下了，我把他扶到家里，他回去就病了一场。他是拼着命来讲这一课的，讲完人就倒了。正是在这次课上，他提出："诗的本质就是发现，诗人要永远像婴儿一样，睁大好奇的眼睛去看周围的世界，去发现世界的新的美。"

我当时听了，心里为之一震：这正是说出了学术研究，以至人生的真谛啊！所谓"永远处于婴儿的状态"，就是要以第一次看世界的好奇心，用初次的眼光和心态去观察，去倾听，去阅读，去思考，这样才能有不断的新的发现。这是非常重要的，问题是怎么使自己永远处在婴儿状态。

后来我们的《新语文读本》选了梭罗《瓦尔登湖》里面的一篇文章，提出了一个概念，叫作"黎明的感觉"。"黎明的感觉"就是每天早上睁开眼睛，你便获得了一次新生，你的生命开始新的一天，就有了黎明的感觉：一切对你来说都是新鲜的，你用新奇的眼光与心态去重新发现。这就是古人说的："苟日新，日日新，又日新。"这样一种新生状态，就是真正的学术状态，或者说是一种理想的学术境界、人生境界。我们讲"赤子之心"，就是指这样的状态与境界。

我很同意梭罗说的另一句话，他说人无疑是有力量来提高自己的生命质量的。外界的环境我们管不了，因为我们都是普通老百姓，但你可以有意识地去提高自己生命的质量，通过自己的努力去创造一个有利于自己发展的小环境。

直到今天我还形成了一个习惯，那就是总是给自己设置大大小小的目标，或者读一本书，或者写一篇文章，或者编一套书，甚至是旅游，我都把它诗意化，带着一种期待、想象，怀着一种激情，兴致勃勃地投入，以获得写诗的感觉。我强调生命的投入，全身心投入，我跟前几届的北大学生都说过："要读书你就拼命地读，要玩你就拼命地玩。"这样，你就可以使自己的生命达到一种酣畅淋漓的状态。我追求这种生命的强度和力度，也追求这种生命的自由状态。

甄语录 一切事都可以成功，也可以失败，怕失败就不要做。

必不输之法

□冯友兰

纪晓岚《阅微草堂笔记》记载：有一个棋迷遇到神仙，便问下棋必赢之法。神仙说没必赢之法，却有必不输之法。棋迷便请教此法。神仙回答，不下棋就必不输。

自己棋艺高明，难免遇到比自己棋艺更高明的对手，便会失败；自己棋艺差，也许会遇上比自己棋艺还差的，这时便也可成功。一切事都可以成功，也可以失败，怕失败就不要做。

有梦想谁都了不起

甄语录 天才们的成就注定是引人注目的壮举，而每个壮举背后，其实都隐藏着另一个传奇。

那些用肩膀托起爱因斯坦的巨人

□王善钦

在所有物理理论中，爱因斯坦创立的广义相对论无疑是最优美、最深刻的理论之一。从1919年5月让爱因斯坦名动世界的星光偏折的验证，到2015年9月被直接探测到的黑洞并合产生的引力波，到2019年4月公布的首张黑洞直接成像的照片，人们用了100年以不同的方式不断证明这个伟大的理论是正确的。

但是，正如奠定经典力学基础的牛顿是站在巨人的肩膀上让自己看得更远，爱因斯坦的广义相对论也不是凭空而来，他在不同时期借助不同的巨人的肩膀，让自己看得更远。

被誉为"人类历史上最后一个全才数学家"的庞加莱，也被译为彭加勒，是第一个深刻影响爱因斯坦的巨人。1905年，26岁的爱因斯坦发表了相对论的第一篇论文。但在此之前，洛伦兹与庞加莱就得到了多个类似结果。特别是庞加莱，他在此前几年就在自己的名著《科学与假设》中总结了自己更早时期的论文中提到的好几个假定，比如，"同时的相对性"；这个假定后来被爱因斯坦写入他的相对论的论文中，作为两大基本假设之一，另一个假设则是麦克斯韦得到的"光速不随发光物体的速度而改变"的结论。

事实上，爱因斯坦的相对论中得到的大部分结果，庞加莱都在此前得到过。虽然爱因斯坦很可能无法及时看到庞加莱在这个领域的全部工作，但他至少看过庞加莱的《科学与假设》——他曾经回忆，他在大学毕业后读到了这本书的德语翻译版，并被这本书深深吸引。但庞加莱似乎并不重视自己得到的那些结果背后的惊人图景，没有踢出临门一脚。即使如此，因为庞加莱的众多贡献，他还是被誉为"相对论先驱"。

著名数学家闵可夫斯基是影响爱因斯坦的第二个巨人。他曾经在大学里教过爱因斯坦数学课程。在爱因斯坦创立相对论后，闵可夫斯基用他高超的数学技巧将爱因斯坦的理论解释为平坦的四维"时空"里的物理学。将时间作为一个维度，与空间结合，则是庞加莱于1898年首先提出的。在爱因斯坦想把引力结合到自己的相对论中时，他才意识到闵可夫斯基描述的平坦四维时空的重要性：他想要研究的引力理论的核心，就是一个弯曲的四维时空，只要把闵可夫斯基时空弯曲，就可以了。

紧接着，爱因斯坦立即意识到自己遇到了一个巨大的困难：他并未掌握描述弯曲时空的数学工具。爱因斯坦找到了好友、昔日同学、当时的同事、数学教授格罗斯曼，恳求格罗斯曼帮忙。格罗斯曼在翻找大量文献后发现，爱因斯坦研究的新理论所需要的数学已经被几位数学家发展好了。

原来，早在1827年，有"数学王子"美誉的伟大数学家高斯在研究曲面时，摆脱外在空间依赖性，直接研究曲面的距离与弯曲程度——曲率，他证明：只要不破坏曲面的结构，曲面的曲率就是一个不变的量。高斯将这个结果命名为"绝妙定理"。1854年，高斯的得意门生黎曼将高斯研究的曲面推广到三维、四维乃至任意维的弯曲空间。黎曼病逝后，他推广得到的几何学几乎无人问津，只有少数几个数学家补充了一些细节。

格罗斯曼告诉爱因斯坦，弯曲时空所需要的数学工具都准备好了，现在需要的就是把四维空间改为四维时空，然后将这些数学工具应用到新理论上面。1913年，爱因斯坦与格罗斯曼合作发表了一篇论文。此后两年，爱因斯坦独自前进，于1915年年底成功构建出自己的新理论，这个理论就是广义相对论。

1919年5月，爱丁顿带领的团队在日全食期间测出了远处星光因太阳导致的时空弯曲而偏折的角度，与爱因斯坦的理论的预测值高度吻合。消息公布后，爱因斯坦立即登上神坛，被世人视为第二个牛顿。尽管爱丁顿的测量结果有一定偶然性，但之后几十年的不断测量，都证明太阳附近星光偏折角确实为广义相对论预言的值。

当我们感叹广义相对论的优美、深刻与精确时，不仅要叹服爱因斯坦的过人智慧，也要意识到高斯、黎曼、庞加莱、闵可夫斯基等科学巨人的巨大贡献。我们还要认识到，伟大的科学变革往往并非一蹴而就的突变，它们中的大多数要经历漫长时间的积累与渐变，在这个漫长的渐变过程中，会有许多杰出人物各自奉献自己的才智，成为为巨人提供肩膀的巨人。

爱因斯坦认为，在那些影响广义相对论的巨人中，贡献最大的人物就是高斯。到了晚年，爱因斯坦承认了庞加莱在相对论领域的超前贡献。我们因此可以说：高斯，这位人类历史上最伟大的数学家，是爱因斯坦脚下的几个巨人中最高大的那个；而庞加莱，这位深刻影响了他死后至今数学多个领域一百多年发展的伟大数学家，是爱因斯坦脚下第二高的巨人。

> **甄语录** 大器晚成的故事，无一例外是爱的故事。接受爱的人，更要懂得让生命丰盛而深沉。

大器晚成

□编译/思考的鱼

当本·方汀确定写小说是他真正想做的事情时，他还是位助理律师，负责房地产实务，刚从法学院毕业没几年。之前他发表过的唯一"作品"是一篇法律评论。他也曾试过晚上回家后进行写作，但是通常因为疲劳而疏于提笔。于是他决定辞职，专心写作。

早上7点半，他在厨房的餐桌前坐下，写到午饭时间，然后在地板上躺20分钟，让头脑放松一下，接着他要回到书桌前再干上几个小时。

开始写作的第一年，方汀卖掉了两则故事。他建立起了信心，开始写一本长篇小说。写完后，他对这件作品并不是十分满意，最终把手稿收进了抽屉。后来，他的一则短篇发表了，一位纽约的文学代理商读了这篇文章后决定和他签约。后来，他整理了一系列短篇小说，由出版社出版。此书为方汀赢得了海明威奖，在多个区域畅销书榜单上名列前茅，更被《芝加哥先驱报》等媒体提名"年度最佳图书"之一。

本·方汀的声名鹊起听起来像个熟悉的故事：一个来自外省的年轻人一夜之间横扫了文学界。但是他的成功并非真的在一夜之间发生。在他的写作生涯早年，每一篇录用稿背后都至少躺着30封拒信。被收进抽屉的那本手稿花费了他四年。来自外省的"年轻"作家在48岁才横扫了文学界。

天才，在普遍的想法中，与早熟有着不可分割的联系，然而很多天才恰恰是大器晚成者。除了作家本·方汀，法国印象派画家塞尚也是一例。塞尚65岁左右的画作具有15倍于他年轻时的价值。

大器晚成者是艰难的，除了忍耐，他们需要的还有信念。在塞尚的传记里，生活的记录一开始是关于塞尚本人，然而很快就变成关于塞尚生活圈子里的故事。首要的总是他的童年挚友——作家埃米尔·佐拉。他说服腼腆离群的塞尚从外省前往巴黎，并在之后漫长的困顿年岁里充当他的守卫者和保护者。

这是佐拉给塞尚的一封信。信中的口吻与其说是兄弟般的，倒不如说更像父亲般的：

"你问了个奇怪的问题。一个人当然可以在这里创作，像在任何其他地方一样，如果他有这个意愿。巴黎有一种别处找不到的优势：它有能供你朝六晚四学习过去大师作品的博物馆。你得按这个分配你的时间。从早上6点到11点，去画室进行人体写生；吃过午饭后从12点到4点去卢浮宫或者卢森堡博物馆临摹你喜欢的大师的作品。这样就有9个小时的工作时间，我想那应该够了。"

印象派画家卡米耶·毕沙罗是塞尚生活

中的第二个关键人物。是毕沙罗接纳塞尚到他的羽翼之下，教给他如何成为一位画家。很多年里，他们会时不时找一段空闲去郊野采风，并肩工作。

然后还有安布罗瓦·沃拉尔德，20世纪初法国最重要的美术商之一。沃拉尔德同意为塞尚做模特，意味着有150次他坐在模特台上，不间断地从早上8点坚持到11点半。沃拉尔德在他的回忆录里写道，有一次他睡着了，从简陋的模特台上跌落下来，发怒的塞尚呵斥他说："苹果会自己动吗？"这就叫友谊。

最后还有塞尚的父亲，银行家刘易斯·奥古斯特。从塞尚22岁第一次离开家起，奥古斯特一直为他付账，即便当塞尚表现得至多像一位技艺疏浅的业余画家时也不例外。如果不是佐拉，塞尚会一直是个郁郁寡欢的银行家之子；如果不是毕沙罗，他永远也学不会如何作画；如果不是沃拉尔德，他的油画会在某个小阁楼里被剥蚀殆尽；而如果不是他的父亲，塞尚漫长的学徒生涯根本无法得到财政保障。这是个非比寻常的保护人清单。塞尚身后站着一支"梦之队"。

在塞尚的传记里，奥古斯特无一例外地被刻画成脾气暴躁的庸俗之人，不懂得欣赏儿子的天才。但奥古斯特并非一定要长年累月地供养塞尚作画。他完全有权利要求儿子找份正经工作，就像方汀的妻子莎莉完全有权利追求与她的职业和身份相配的生活方式——她配得上一辆宝马，而不是她最后选择的本田雅阁。但是她相信自己的丈夫，就像佐拉、毕沙罗、沃拉尔德和奥古斯特相信塞尚一样。大器晚成的故事无一例外是爱的故事。

甄语录 有独立的意识，方有伟大的生活。

得一物以摄之

□艾　林

在北宋哲宗时期，有一个叫葛延之的人长途跋涉，一路追踪被贬到儋州的苏轼，想向他请教"作文之法"。苏轼答："天下之事，散在经、子、史中，不可徒使，必得一物以摄之，然后为己用。所谓一物者，意是也。不得钱不可以取物，不得意不可以用事，此作文之要也。"

如今强大的人工智能可以基于语言模型帮我们抓取全人类的"经、子、史"。但是，即使都抓取来了、整理好了，我们也无法将其"为己用"，除非我们能"得一物以摄之"——这一物就是"意"。

在我看来，"意"是个体独立精神的终极彰显，是个体经历生活、认识世界、学习成长后得来的深刻体会，是一个人忘记所有知识型信息后，最终仍存留在灵魂深处的东西。这也是人之为人最珍贵的东西，是无论多少个"未来已来"后都应当被妥善保护、悉心滋养的东西。

甄语录 生活千变万化，如果你以微笑面对生活，不管是有意还是无意，你都会从生活中获得应有的报酬。

你错过了多少生活

□ [英] 阿兰·德波顿

英国著名艺术家约翰·罗斯金出生于1819年的伦敦，他的大多数作品都围绕着一个主题，即如何拥有美景。

罗斯金认为，只有一种办法可以正确地拥有美，那就是尝试通过艺术，通过书写或绘画来描绘美丽的地方，而不考虑我们是否具有这样的才华。

你画得好或不好并不重要，绘画最重要的作用是教我们去观察：不是走马观花，而是关注。树干是如何与树根相连的？雾是从哪里来的？为什么一棵树的色泽似乎比另一棵的更深？——在素描的过程之中，类似的问题不断出现并得到回答。

他在一篇文章中写道："让两个人外出散步；一个是优秀的素描家，另一个则对这类东西毫无兴趣。他们顺着一条林荫道往前走时，对这片景色的感受会有着很大的区别。一个将看到一条小路和树木；他会认为树是绿色的，但是他不会对此做任何思考；他会看到阳光闪耀，并觉得很舒服，仅此而已！但是素描家会看到什么？他的眼睛习惯去探求美的原因，美的最细微的部分。他抬头向上看，观察阵雨般散射的道道阳光是如何从头顶闪烁的树叶间洒落下来，直到林间充满翠绿的光。他会这里看看，那里看看，一条树枝从树叶的遮蔽中伸出来，他会看到翠绿色的苔藓散发的宝石般的光芒，还会看到色彩斑斓的地衣，白色和蓝色，紫色和红色都交织、混合在一起，织成一片鲜艳夺目的锦缎。接着他会看到凸凹不平的树干和扭曲的树根，树根在陡峭的河岸像蛇一样延伸开去，而岸边铺着草皮的斜坡，被有着千万种颜色的花朵镶嵌。这难道不值得细细品味吗？然而，如果你不会素描，你只会经过这条绿色的小路，当你再次回到家时，你不会觉得有什么值得一提或回味再三，你仅仅是走过了它。"

罗斯金不仅鼓励我们作画，还认为我们应该写。写作就是用文字画画，这样做可以巩固我们对美的印象。

令人陶醉的景致通常让我们意识到语言的贫乏。在湖区给一个朋友的明信片上，我带着某种绝望，匆忙写道："这里景色很美，天气潮湿、多风。"罗斯金会将这样的语句更多地归因于懒惰，而不是缺乏能力。他认为，我们有能力进行大量丰富的语言描绘。导致失败的结果仅仅是因为我们没有问自己足够多的问题，没有精确地分析我们的所见和所感。我们不应当仅仅停留在"这片湖很美"的感觉上,而是应该更加积极地问自己:"这片开阔的水面究竟有什么地方如此吸引人?它会让人联想到什么?除了用'大'这个词之外还有什么更好的词可以形容?"

贯穿整个成年时代,罗斯金都对英国人拒绝更有深度地谈论天气而感到沮丧,他们加诸天气的形容词总是"潮湿、风大",这尤其让罗斯金感觉不适:"在整个喋喋不休的人群中,谁能告诉我,在今天中午,环绕着地平线的一大片绵延的白色高山,究竟是何种形状,那峭壁又有何种姿态?谁看见从南面照射过来的狭长光束照耀着山顶直至白雪融化、崩流而下形成像蓝色的雨滴?谁看见当昨晚阳光不再照耀,被西风吹得犹如凋零的树叶般的朵朵乌云在空中的舞蹈?"

罗斯金曾得意地说,他将天空装进了瓶子里,就像他的酒商父亲将雪利酒装进瓶子里一样小心翼翼。这里有一篇日记,记载了在1857年秋天,在伦敦,罗斯金将天空装进瓶子的一天:

11月1日一个红晕中的早晨,翻腾的云呈现出柔软的红色,云边的红更加鲜艳,接着渐渐变成紫色。灰色的云朵由西南飘来,从其下方向它们靠近,地平线上,飞云和卷云之间则是灰色的积云。多美的一天……远处所有的紫色和蓝色、树丛中迷蒙的阳光、绿色的田野……小心观察那精美的景致,蓝色的天空中散漫了金色的叶子,栗子树纤细而矮小,星星将黑暗衬出。

甄语录 当我们和永恒相联系,是不是就在同浩渺的宇宙交谈?

童年的星星

□王子英

在沉睡中的村庄黑暗的上空,银白色的天际闪闪发亮。群星中有一颗星是绿色的,像夏天的树叶那样嫩绿,从银河的深远处,从很高很高的地方,特别亲切地对着我闪烁。当我步行在遍地尘土的夜间大道上的时候,它跟着我移动;当我在桦树林边,在幽静的树荫下停步的时候,它也在树丛中停住;当我走到家的时候,它还在瞧我,从黑黝黝的房顶那边亲切而温存地闪闪发亮。

"这就是她,"我想,"这是我的星星,是我童年时代的充满热情和关切的星星!我什么时候看见过她?在哪儿?或许我身上一切美好而纯洁的东西都应该属于她,或许我的归宿是在这颗星星上,那里将会以节日般的盛情接待我,就像我现在所感到的她那美善而令人愉快的闪光一样!"

这就是和永恒的联系,就是同宇宙的交谈?!这一切至今仍然让我不可理解,有一种不可言说的美妙,被视为童年时代的神秘梦幻。

甄语录 丢弃了细节，生活就成了空洞的概念。

生命是细节的长河

□赵 丰

我所认识的生活，就如父亲搭在墙根下的柴堆，由一根根用斧头劈开的木头码起来。父亲一生都在劈柴，那是他基本的生活，他生命的细节。生命是细节的长河。对于人生，细节可以诠释它的全部。

既然挂念着细节，我的心灵就常常越过全局，驻留在细微之处。捕捉细节，是我旅途中的一个习惯。对旅游者来说，每个目标通常都首先是一个个细节。能够欣赏细节，解读细节，就是一个出色的旅游者。走马观花，是旅游的大忌。访问一座旧址、一处绝妙的风景地，你首先要放低目光的姿态，摈弃好高骛远的心态，一个一个寻找并琢磨它的细节，将每次寻找和琢磨都作为自己精神的一次占有。

旅途中，我习惯将笔记本铺在眼前，用笔将沿途铺天盖地的风景碎片复制在纸上。晃动的火车或汽车，让我的字迹东倒西歪。但这并不影响那些纸页的重量，里边有山的厚实和水的凝重，石头不会空心，黑云中能飞出雨珠，即使一棵枯树，也会在倒下的刹那间让大地轻轻呻吟。

一处风景地，在游者的视野里，有可能是一幅全景图像，可于瞬息之间将一幅鸟瞰图景尽收眼底。然而这幅图景，向游者呈现的只是它的外貌，而非它的内心。因此，它只是图像感觉，而非审美愉悦。而我们注意到了细节时，它就会成为具备美学意义的事物，让我们洞察到自然哲学的奥秘。随旅行团出行，导游在一处景区大门前，总是限定在此处游览的时间，有时甚至短到半个小时。再不起眼的景区，也不可能在如此短的时间里欣赏到它的细微妙处，可能连"走马观花"的感觉也达不到。因此，我从不随团旅行。

观山，就要观一草一木，一石一鸟；看河，就要看滴滴水流，朵朵涟漪。秦国丞相李斯的《谏逐客书》中有言："太山不让土壤，故能成其大；河海不择细流，故能就其深。"在山河面前，只是扫了一眼便大呼小叫：我见过它了，那个美啊！人若问之：美在何处？便搔头捉耳，不知所答了。

不去旅游，也会发现精致的细节。静静地坐着，读着书页中的一些风景。"明月松间照，清泉石上流。竹喧归浣女，莲动下渔舟。"王维诗中的每一句，独立看来都是风景的细节。柳永的伤感交织在词的细节中。"倚栏杆处，正恁凝愁。"而辛弃疾的豪放却用"醉里挑灯看剑"这样的细节一笔带过。我在阅读一幅画、一首诗时总是习惯割裂开它们的细节。比如一棵歪脖树上的一只小鸟，小鸟的翅膀在受惊时的开合。那个王维所钟情的浣女,一双脚丫踩倒了几棵小草?

不要忽视,你的身边可能也有被你忽视的细节。农历正月十五,我在㳇陂湖畔观赏锣鼓大赛,聆听锣鼓音调的雄浑和细碎。我坐在湖东边的土丘上。一个女孩,吸引我目光的是她脑后的天蓝色蝴蝶结。那是她身上闪光的细节。随着女孩躯体的晃动,蝴蝶结上下左右飘舞。女孩在土丘和湖相连之处捡拾小石子。不远处,一位穿黑色棉袄的老人坐在石椅上睡着了。吹过一阵风,他头上的帽子掉落在石椅旁。那个捡石子的女孩跑过去捡起帽子戴在老人头上。这当儿,一个让我惊异的细节出现了——老人睁开眼,手捂着帽子,看着跑走的小女孩,褶皱如荒原沟壑的脸庞,瞬间像波斯菊一样盛开。笑容里含着羞涩。那个叫羞涩的词,被一位饱经风霜的老人打动了。

祖母养过一只猫,雪白。祖母和猫睡觉时达成了一个默契:猫的一只爪子被祖母握在手心,温情脉脉,无论冬夏。那是祖母生命中柔软、鲜活的细节,我现在依然刻骨铭心。猫睡态安详,祖母拥抱着猫在梦中微笑。那猫很警觉,一听见老鼠在屋里哪个角落响动,便抽出被祖母握着的爪子,箭一般闪过一道弧线。那弧线雕刻在了我记忆的壁上,永远。

谁或谁的指纹,谁或谁的皱褶,谁或谁的眼神。这些,都属于生活。

甄语录 告诉他们,我已经有过非常精彩的人生。

已经有过

□祁文斌

路德维希·维特根斯坦是20世纪最具影响力的哲学家之一,被罗素称为"天才人物的完美范例:富有激情、深刻、炽热并且有统治力"。

维特根斯坦曾师从罗素,并于1939年成为剑桥大学三一学院的哲学教授。1947年,坚信"哲学教授"是"一份荒唐的工作"的维特根斯坦不听劝阻,从剑桥辞职,开始专心思考、写作。

特立独行的、"怪异"的维特根斯坦出身豪门,历经波折。他一生之中当过志愿兵,做过园丁、木匠、小学老师、看门人、勤杂工、工程师、药剂师等五花八门的工作,而他从事某些工作根本不是为了钱或者生计。

作为当时整个欧洲最富有的人之一,他曾匪夷所思地散尽了自己名下的所有财产,变得一贫如洗;这个信仰真理的人形单影只,致力于对平庸、世俗的抗争。

1951年4月29日,身患癌症的维特根斯坦在好友比万医生的家里与世长辞。他在逝世前的最后一句话是:"告诉他们,我已经有过非常精彩的人生。"

甄语录 耳朵打开来，便懂得了如何分辨值得听和不需要听的声音。甚至，我们可以决定自己的生命，要跟这个世界发生什么样的新关系。

你真的听见音乐了吗

□ 杨　照

一个徒弟从师学音乐，晃眼三年，对中国传统音乐的主要系统大部分都精熟了。于是他问："我什么时候能出去演奏呢？"师父劝他别急："你真的听见音乐了吗？"徒弟回答："当然，我怎么可能听不见音乐呢？音乐就在我的乐器里啊！"

师父理解徒弟急着去闯天下的心情，就说："这样吧，我带你去见我的师父吧！"

师徒两人走进山里，走了一整天，师父终于停下来，说："你在这里等，我去请我的师父，看他愿不愿意见你。"

徒弟等着，一会儿天黑了，接着夜慢慢深了，四处看不见任何东西。他又急又怕，只好竖起耳朵听四周有什么异状，慢慢地，他听到近处远处不同的水声，听到风声，借由风的流动，听出了树的位置与树的形状，他听到虫声，也听到不知名的小动物试探的脚步声。

无穷的声音涌动着，让他的耳朵应接不暇。声音与声音相激，产生更多的声音。声音与声音相继出现，似乎也就呼应产生了节奏、韵律。他听到像音乐又不是音乐的东西，以前没有听过，不知该如何形容。

他听了一夜的声音，直到天色开始泛白。他感觉自己仿佛听到了云色亮开的声音。他把眼睛闭上，听到一种神秘的声音，不是从耳朵里来，而是从心底来的，那是太阳爬上对面山顶的声音。

太阳高挂，师父才出现，问："你遇到我的师父了吗？"徒弟犹豫了一下，回答："应该遇到了吧。"

从山里回来，徒弟无法再演奏任何乐器。因为相较于山中之夜听到的，乐器的声音如此单薄、贫乏，让他厌倦不堪。徒弟黯然道："我听见天地的音乐了，所以我不想再碰触任何人的音乐了。"师父说："还没有，你还没听到，再听下去。"

好长一段时间过去，有一天，他拿起落满灰尘的笛子随手擦拭，放到嘴边吹出声音来。吹着吹着，心底有了一种前所未有的兴趣，再吹下去，快乐重新回到他身上，他用力吹，努力吹，吹完之后才发现自己竟然冒了一身汗，而且不知不觉中绕着房子走了好几圈。

师父就在他身边，欣慰地拍拍他说："现在，你可以出去演奏了。"徒弟大惑不解："为什么？为什么会有这样的变化？"师父解释："因为你懂得了不去跟天地竞争，不再试着要演奏出比天籁更美、更丰富的声音，而是专注地让自己的音乐与外在声音相呼应，用你的音乐去改造外面的声音，你的音乐不再是单独存在的。于是，你不再是个乐匠，而是一个乐师了！"

这个故事，是我少年时听老师讲的。慢慢地，我似有所悟，领悟到音乐带给我们的，不只是音乐本身，更重要的还有一种听觉能力与听觉习惯。处在现代环境下，许多人的成长过程里必要的一种训练，就是如何与噪声共存，也就是如何关起自己的耳朵，不去注意、不去听外界的声音。

于是，耳朵打开来，听到许多原本听不见的声音，同时懂得了如何分辨值得听和不需要听的声音。

更进一步，我们可以决定自己的声音，甚至自己的生命，要跟这个世界发生什么样的新关系。我们可以随时随地，在任何条件下，借由音乐创造出既内于世界又外于世界的自我小宇宙，专注且自在地活在自我小宇宙里，快活安适。🌿

甄语录 旅行的意义是见到不一样的风景，人生的意义是创造不一样的征程。

旅　行

□[西班牙]刘易斯·塞尔努达　译/汪天艾

小男孩在父亲书房的书架上发现几卷朱红金边装订的书，里面的铜版插画以无法言喻的魅惑力吸引着他。也许是这些画最先引起他的注意，然后才是书脊上那些陌生城市的名字：罗马、巴黎、柏林。

当时，他还不渴望真的去看看书里讲的国家和城市。只是翻阅那些书，他就已经完全快乐满足：有想象力和内在视野——他尽管拥有却不知其丰厚——就够了。

通过阅读，他渐渐明白，生活和世界不只是故乡的角落，不只是童年时保护自己的墙。就这样，从他因年少时的好奇撒下的种子里缓慢萌生出一种可怕的"慢性病"：渴望去看世界，一直看到需要的那么多或者只是为了简单的愉悦，以满足自己的精神需求。

有人说，在海那边奔跑的人，改变了天空，却没有改变自己的心。也许的确如此，但是如果不去海那边跑一遭，我们永远不知道能不能改变自己的心。

这个理由已经足够让人从一个地方去另一个地方，由此至少可以让灵魂保持鲜活觉醒，直至迟暮之年。🌿

甄语录 心可不能拧得太紧了呀，我们需要偶尔的这种闲散，给心放片刻的小假。

站着的意趣

□米丽宏

站着，这个姿态，有意趣。就像风来，"啪！"花骨朵爆开，灼灼开在春光里。站着的魅力，也许就是这临风的爆开。

有个夏日黄昏，我下班后行走在深巷里，墙那边的院里，忽然悠悠送出一曲笛箫鼓板，"原来姹紫嫣红开遍，似这般都付与断井颓垣"，抑扬的吟唱，清妍婉媚。可不是杜丽娘吗？我停住，站在那儿，一心一意地听完。西斜的夕照，涂满我的前额；若有若无的凉风，吹拂耳边的发。那一刻忘我地站着啊，那么迅疾就结束了。不知那才子佳人的幽怨唱和，院里人家可曾沉醉动情？

那个夏天，好似全被那一刻站着收藏了。

周末的午后，喜欢从家务里逃出来，捧一杯茶，在窗前，看看节令，发发呆。有天下雪，我忽然想，郑板桥写他的雪：一片两片三四片，五片六片七八片，九片十片无数片，飞入梅花都不见。应当也是这样站着，指点着，一瓣，一瓣，层层不穷地喜悦着的。若坐着，断然没有那种如数珍宝的昂扬。

我觉得肯定是这样的，就如同我的院落里，冬季的白和其他三季的黄绿轮转，鹅黄、淡绿、翠绿、乌青、青紫斑驳、金光灿灿，我也是站着一一点数过来的。自然的浓烈丰富，将生活留给我的疲惫落寞、情绪起伏，一一冲淡并且替换。四季里，我常那么寂寥地站着，把自己融入多色调的自然里面。

想起诗人顾城的《门前》："草在结它的种子/风在摇它的叶子/我们站着/不说话/就十分美好。"片刻凝滞似的"站着"，也许是用了无数跌跌撞撞的奔跑换来的。那样站着，我们都有过。只是站着之前、站着之后的故事演绎，谁知道呢？那"站着"的恬美，不论时间长短，都是当事人自己创作的一幅最美的画面。日后，会不会常挂在心之一壁，将自己放回从前，站那么一小会儿呢？

站着，引颈远眺，是因为隐隐怀有企望；实际上，也可以面向内心跟自己说说话的。你看着自己的心，挣脱了日常的框框，闲散走出去，手舞足蹈。再忙再累，心可不能拧得太紧了呀，我们需要偶尔的这种闲散，给心放片刻的小假。

站着的这一刻，有更多的事物会涌进心灵，花草树木、屋舍小径、湖光山色、冰川雪峰、大海涛声、山中林吼，都是一种语言，让站着的灵魂侧耳倾听。

甄语录 每个领域都是一个广阔的世界，我们对这个世界掌握得越深入，人生才会越稳固。

内心的那根"锚"

□张　恒

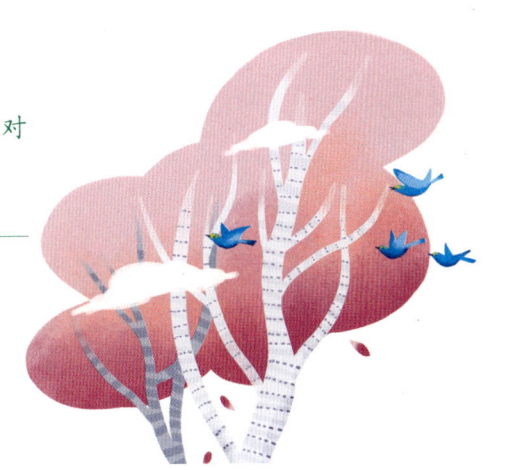

英国有一个赏云协会，在全世界已经发展了59000多名会员，他们在网站上传拍到的各种云彩，写下自己的感受。打开这个网站，我才知道，原来云也是有那么多分类的。比如，潮湿气流越过上升地形，有时会形成荚状云，这是"天空中最奇怪的云"；而卷云和卷层云被拉长成细丝后，常会形成毛状云，赏云协会创始人加文说，这种云存在的唯一意义就是"长得好看"。

认真钻研一件事情，哪怕是看云这种普通的事情，都可能成为专家。这让我想起一个故事。英国教育学家劳拉·麦金纳尼读大学时，曾在麦当劳打工，主要工作是煎鸡蛋。每天早餐时段，她会经手400多个鸡蛋，敲碎、打散、煎熟、取出，然后不断重复。看起来枯燥且没有任何技术含量。劳拉却逐渐对鸡蛋产生了兴趣，她开始通过鸡蛋去琢磨这个世界。她观察每个鸡蛋，看什么位置的蛋白最先被煎熟，也会搜集与鸡蛋有关的历史。她还会想从鸡那里拿走鸡蛋是否道德；自己和鸡相比，会更快乐吗？逐渐地，劳拉对鸡蛋的认识，显然已经远远超过了旁人。如果她后来没成为教育学者，似乎也可以成为一名鸡蛋历史学家。

为什么人们对云彩那么痴迷？一个原因是，它体现了我们周遭这个世界的变幻无常。但是，在劳拉·麦金纳尼等人身上，我看到了另一种稳固的东西，专注并精深于某一个领域。

每一个领域都是一个广阔的世界，那会成为我们内心的一根锚。我们对这个世界掌握得越深入，人生才会越稳固。哪怕如手工、如木雕、如装修，真正进入专业领域，才会让自己的人生更稳固。而真正稳固的东西，从来就不会烟消云散。

有梦想谁都了不起

甄语录 开满世间的花，原来不在心外，全在心里。

心里有花，遍地繁花

□寒庐氏

正史典籍中的王阳明，自是俨然肃然，历代以来坊间的他，则更生动有趣、可亲可爱，自然，在其生动有趣、可亲可爱中，同样透露圣贤消息。

王阳明12岁时，在京城的私塾读书。有天，他一本正经地问老师："何谓天下第一等事？"年少思远，这话的意思用现在的话来说就是问，人生到底应该追求什么？终极价值是什么？

老师吃了一惊，笑着回答："当然是读书做大官啊！"

老师的解答，王阳明并不认同，他认真地说："我以为第一等事应是读书做圣贤。"

"读书做大官"与"读书做圣贤"，一词之别，人生目标和价值追求大为不同，也大异其趣。

此后，王阳明的人生之路证明，他的种种努力，包括努力读书、努力修为、努力为官、努力授业、努力传道，都是奔向超凡入圣的境界。

与弟子的一段对话，就凸显了王阳明的超凡入圣。

弟子王艮有天出游归来，王阳明问他："都见到了什么？"王艮故意以一副异常惊讶的声调说："我看到满大街都是圣人。"

这个桀骜不驯的王艮长时间里都不相信老师"人皆可圣"的信念，他以此回答讥笑老师——既然人皆可圣，那满大街的凡夫俗子自然就都是圣贤。

王阳明自然知道王艮的那点"小心思"，便借力打力："你看到满大街都是圣人，满大街的人看你也是圣人。"

王阳明在庐陵任县令时，抓到了一个恶贯满盈的盗贼。此人冥顽不化，他便亲自审问，盗贼耍横说："要杀要剐随便，别废话了！"

王阳明就说："那好，今天就不审了，也不跟你谈道德廉耻。不过，天气太热，你还是把外衣脱了，我们随便聊聊。"盗贼说："脱就脱！"过了一会儿，王阳明又说："天气实在是热，不如把内衣也脱了吧。"盗贼仍然一副不以为然的样子："本来就经常光膀子的，脱又有啥大不了的。"又过了一会儿，王阳明又说："膀子都光了，不如把内裤也脱了，一丝不挂岂不更自在？"这回，盗贼不"豪爽"了，慌忙摆手说："使不得，万万使不得！"于是，王阳明便乘势说："有何使不得？你死都不怕，还在乎一条内裤吗？看来你还是有羞耻心的，这羞耻心何尝不是道德良知的表现？看来我还是可以跟你讲道德廉耻的。"至此，盗贼被彻底折服，认罪伏法。

人性，原本知羞知廉知耻，所以，人生之路上，以此起步，便可以一步一步紧赶道德，致良知，再走到看淡名利之心，从而一点点使胸襟更坦荡、胸怀更广博，仁心洋溢，最终，心地开出花来，如是，繁花遍地。

繁花遍地，映照人皆可圣；或者说，人皆可圣，种出遍地繁花。

是的，王阳明就曾庄严地说过："尔未看此花时，此花与尔心同归于寂。尔来看此花时，则此花颜色，一时明白起来。便知此花，不在尔的心外。"

开满世间的花，原来不在心外，全在心里。

心里有花，遍地繁花。

甄语录 只要始终向前，未来的一切将是最好的安排。

向前走和走在前

□ 石　兵

始终觉得，向前走的人和走在前的人不是一类人。

向前走的人常常不是一个人，他的前后左右都可能有人，走来走去也离不开圈子，在人群中走得再快也不起眼，走得再疾也难走出圈子；走在前的人则不同，只能是一个人，也必须是一个人，因为眼中只有前方，因为身后尽是追赶者，为了一直走在最前方，无暇旁顾休憩，唯有奋力前行。

向前走是一种积极且主动的姿态，走在前则是一种执着近乎执拗的心态。前者强调方向，后者重视结果。

一直向前走的人数量越多，所在群体的幸福程度就越高。他们眼中有大方向和小方向，大方向是群体未来的和谐美好，小方向是个体生命的精彩纷呈。

渴望走在前的人数量越多，某个领域的进步程度就越快。只要一心想要走在前，速度必然会越来越快，他们追赶的其实是自己那颗永不认输的心。

做个向前走的人是幸福的，不必顾及他人的目光，不必担心被人超越，只要笃定方向，或疾或徐都是一道风景，走走停停亦能云淡风轻，不担心输给他人，便不会输给自己，于是闲庭信步，悠然自得。

做个走在前的人是充实的，虽然总在考虑与计算，虽然总是紧张而急迫，但只要方向正确方法得当，一切都可以被理解与认可，担心输给他人，更担心输给自己，于是风雨兼程，收获满满。

人的一生总要不停前行，因为时光不等人，但自己可以选择等等自己，也可以选择等等他人，可以一个人走成一个传奇，也可以一群人走成一个江湖。但只要始终向前，那未来的一切都将是最好的安排。

甄语录 世界上的许多事情，只有经过，才会有答案。过去的，不管对错，皆不可回头；未来的，无论好坏，都要去面对。

问春风

□ 樊德林

你又一次轻轻地拍着我的肩，而我却已不是从前的少年。你端坐在我面前，我真真切切地看清楚了你的脸。

你是四季的开端，生命的起点，以及尘世间所有的预言。

我只想问你：世间的甜，为何如此短暂？

许多年前的那个春天，你曾经陪着父亲，去遥远的黄河边，千里迢迢地娶回了母亲。那时候，一贫如洗的父亲，只有几间简陋的草房，和曾祖父、祖父相依为命。是你的心灵手巧，让这个支离破碎的家，重新有了温暖。你剪出了几只俊俏的小燕子，让它们在草房的梁间筑巢，每天双宿双飞，亲亲热热地呢喃低语；你用一支朱红，点染出院中一树灼灼的桃花，每朵粉嫩的桃花，都咧着幸福的小嘴巴；你用甜丝丝的槐花蒸菜，让幸福在三月的阳光中绽放；你把最美最动人的红，都给了母亲——她那美丽的麻花辫子上面，顶着一块红艳艳的盖头。她身上的红嫁衣，比天边的晚霞更为动人。你替父亲掀起母亲的红盖头时，母亲脸上的绯红，醉了父亲的眼睛。

你是父亲母亲这场简朴婚礼的见证人，这个家从此和你有了隐秘的联系。每年你从远方打马归来时，都要去看看他们。他们在春天里辛勤地耕耘，汗水浇灌着脚下的土地。又一年草长莺飞时，他们把草房翻新成了三间青砖瓦房，盖起了陪房，拉起了院子，垒起了门楼。他们告别了家徒四壁，满院盛满春光。

他们有了孩子。大儿忠厚，二儿活泼，三女单纯。他们也像自己的父母一样，土生土长，吹过该吹的风，淋过该淋的雨，走过该走的路。孩子们成长的每一步，都写满了父亲母亲的艰辛。每一年春天，父亲的腰会比镰刀弯一点儿，母亲的发会比雪花白一点儿。他们像两棵树，为孩子们撑起一方绿荫，自己却在风吹雨打中，渐渐枯萎。生活的磨难，对每个人都是公平的。

父亲病了，让人束手无策，肝肠寸断。母亲病了，让人无可奈何，心如刀绞。生病的春天，比冬天还要寒冷。你说过，生老病死，是自然法则，谁都无法抗拒。我却一直相信，这是命运。从古至今，命运始终是一个难解的谜。我知道，你也无能为力。

我问你：世间的苦，为何绵延不绝？

十年前，你陪着母亲，送走了父亲。父亲的前半生为了家和孩子奔波忙碌，后半生一直与疾病抗争。终究，他彻底败下阵来。

那个春天,你来探望父亲时,他已卧床不起,气息奄奄。外面阳光正好,花已绽放。但疼痛和无边的寒冷撕裂了父亲孱弱的躯体,他已不能说话,不能思想,所有的语言,都化作两行浊泪。父亲头顶微弱的烛光,在你面前摇曳不定。母亲和孩子们,叫天天不应,叫地地不灵。那一刻,你无言以对,眼中的光也渐渐暗淡。你深知,这就是人生。

又一年春暖花开,你来寻访父亲时,他早已长眠于地下。你低头沉默不语,替母亲和孩子们拭干脸上的泪水,并把他们的呜咽声捎给了父亲。你轻轻地抚摸着墓碑上的名字,你用松涛声诵经超度,寄托哀思。你见惯了世间太多的生离死别,内心早已坦然。但父亲去世时才五十多岁,他和母亲执子之手,尚未携老。这让你感到一种难以言说的怅然和遗憾。

"十年生死两茫茫,不思量,自难忘。"每年你还是会来,从来不会忘记去看一看父亲。这世界有那么多人,去的尽管去了,来的尽管来着。去来的中间,隔着永恒。无数的生者,无数的亡者,你都记得。你记得每个人的生日,记得每个人的祭日。你记得那么深,那么远。你带来的花朵,每年都会被孩子们小心地收藏,安放在父亲长眠的地方。那里温暖向阳,有无尽的怀念正在蓬勃生长。

以前,每年春天,我都会问你那两个问题。你总是微微一笑,只留给我一个模糊的背影。你似乎没有回答我,又似乎早已回答过。但今年春天,我决定不再问这两个问题了。世界上的许多事情,只有经历过,才会有答案。答案也不唯一。过去的,不管对错,皆不可回头;未来的,无论好坏,都要去面对。

生活,一直在路上。你,也一直在路上。

甄语录 万物终将消亡固然是一种不幸,然而它们的美,一部分亦正在于此。

每一刻都是唯一

□ [法]玛格丽特·尤瑟纳尔

"我行将就木,"他艰难地说,"我对自己与花朵、昆虫和星辰相伴的命运无所抱怨。在一切都如梦幻般流逝的这个世界上,长生不老非我所愿。万物、生灵与人心终有一死,我并不为此感到惋惜。万物终将消亡固然是一种不幸,然而它们的美,一部分亦正在于此。

"令我无法释怀的,乃万事万物无不独一无二。从前,我确信自己从生命中的每时每刻都获取了一些无法复现的启示,这构成了我隐秘的欢愉中最明了的乐趣。如今,我在垂死之际却为此羞愧不已,我如同一个享有特权的人,独自观赏了一场盛典,而这场盛典再也不会重演。"

绕绕远路，也是一种度过人生的方式

□ 花痴女王

甄语录 人们总是在找捷径，但生活的意义，有时候是需要我们停下来，想一想，甚至是绕远路才会得到的。

很多日本编剧有一种特殊的能力：无论多么现实的题材，都可以把它拍成一部饱含理解的生活片。就拿《我的事说来话长》来说，这部剧讲的是一个名叫岸边满的31岁的无业游民的故事，我原本料想这是一个有点颓废的故事，但该剧在豆瓣上的得分高达9.1，被打动的人不在少数。

日本经济不景气，青年"家里蹲"的情况很普遍，为什么一个"废宅"的故事能打动人？

首先，它打破了我们的刻板印象，主角是"宅"，但不是"废物"。相反，岸边满是个理想主义者，原本就读于名牌大学，想开咖啡厅便去创业，但九个月后店就倒闭了。之后，岸边满也没找到一份能唤醒他的热情的工作，就这么蹲在了家。

虽然没工作，但他的每一天都津津有味：早上五点为早起开店的母亲泡一杯香浓的咖啡，中午搞点美味的简餐喂饱自己，时不时去打零工，或给家人跑腿赚一点儿零花钱……总之，哪怕是"家里蹲"，岸边满也尽量自给自足，积极发挥家庭万金油的角色。所以，满还挺招大家疼爱。网友说，这叫"经济型"家里蹲，是一种自主选择的低欲望人生。

低欲望的人生是怎样的？这部剧厉害的第二点，就是拓展了我们对生活意义的想象。它细腻地描写了岸边满和家人的互动，看的时候，你不会觉得宅在家是浪费人生，反而羡慕他有那么多时间细腻地体会生活的美好。

比如，吃饭的时候，满会一本正经地和家人讨论，牛肉是做寿喜锅好吃还是烤着好吃。侄女失恋了不想上学，满会为她做好吃的咖喱炒面，还会绕远路带她去海边散心。姐夫辞职了没找到新工作，满就陪他在家里拼拼图……

让我印象最深的剧情是：某一天晚上，满和他姐姐一边剥银杏一边聊小时候的事，回忆这段往事的时候，他们突然忘了当时看的电影是什么，只记得是汤姆·汉克斯演的，和乒乓球有关，两人掰扯了好久，才记起是《阿甘正传》。一旁的侄女忍不住插嘴："你们想知道答案，用手机一查不就好了吗？"男主角摇了摇头说："是啊！你说得没错，但这样下去你会变成一个越来越无聊的人。"

"用最短的时间，走最短的距离度过一生，那欢愉的果实是不会砸到你头上的。所谓欢愉的果实，是只有那些不用导航，不借助互联网，甘愿绕远路的人才能找到的小小奖励。"听到这段话，我心里很受触动。这也是这部剧打动人的地方，它不是鼓励"躺平"，而是让我们重新思考生活的节奏。

人们总是在找捷径，但生活的意义，有时候是需要我们停下来，想一想，甚至是绕远路才会得到的。满就是那个绕远路的人。他没有颓废地度过这段长假，而是把它花在认认真真过日子上。故事的最后，满穿上西装，走在面试的路上，此刻的他，终于想通了，有时候工作，不是为了梦想，而是为了生活。如果找不到热爱的，就先从不讨厌的开始，边走边寻。兜兜转转，满好像什么事情都没做，就变回了普通人。但这样的普通，就和他当年选择暂停一样，都是心甘情愿的选择。

迷茫的时候休息一下，想清楚再出发，满的咸鱼生活，何尝不是一段令人向往的悠长假期？有时候绕绕远路，也是一种度过人生的方式。

甄语录 实际上，我们至深的需要，不过如冬日的阳光一般和煦、简单。

幸福之计在于简

□麦　家

我曾养过两只狗。一只是朋友送的，德国牧羊犬，名门血统，姿态高贵，仪表堂堂。我不敢慢待，每天都用上好的骨肉款待它，有时还喂羊汤、牛奶。渐渐地，它除了精肉细骨一概不食。到后来甚至连超市买来的高价狗粮，它都懒得瞄一眼，而我分明从它慵懒冷漠的眼神里，看到了它深彻的不满和厚重的怨气。

另外一只，是我在部队时养的狼狗。那时，我任务繁重，只能粗生陋养，想起了给它丢点剩饭菜，想不起就任它自生自灭。日子长了，我发现，我慢待的是真诚，真诚的"朋友"。这位朋友只需一碗粗糙的糙米饭，加上一点点肉末或油腥，就能令其开心、忘怀地快乐。我只是想说：由俭入奢易，由奢入俭难。

在外人看来，我名利双收，风光无限。其实，我时时感到沮丧。我时常想，我们至深的需要不过如冬日的阳光一般和煦、简单，但总有人，太多人，喜欢顶着烈日，化身飞蛾，投向华丽的火焰。我的沮丧不是因为灭亡，相反，人们学会了极端地展览生存，却同样极端地遗忘了幸福之根本——何止是人，我的德国牧羊犬就是这样，在高标准的物质生活中学会了痛苦，而狼狗却于无声处给了我莫大的温暖和幽远的感悟。

幸福必须是单纯的，单纯一点儿，欲望就可以少一点儿。我们应该停下来等一等被我们落在身后的灵魂。